光文社文庫

文庫書下ろし

あやかし行《あん》灯《どん》

九十九字ふしぎ屋 商い中

霜島けい

光 文 社

この作品は光文社文庫のために書下ろされました。

目次

第一話

迷い子の守

年の瀬も間近な、師走《しわす》のとある日のことだ。

深川北六間堀町《ふかがわきたろっけんぼりまち》にある九十九字屋《つくもじや》では、今まさに、ちょっとした騒動が持ち上がろうとしていた。

「どういうことか、説明してもらおうか」

冬吾《とうご》のむっつりとした声音に、るいは思わず首を縮めた。この店主が無愛想で不機嫌そうなのはいつものことだが、今回はそうなるに足る至極《しごく》まっとうな理由があるので、るいとしても神妙な顔にならざるをえない。

九十九字屋は商品として扱うのがこの世の『不思議』という一風変わった店で、るいはそこの奉公人だ。しかしながらこの時、主人の冬吾をむっつりさせているものは、幽霊やあやかし絡みの事件ではなく、いわく因縁のある品物でもなかった。

では何かといえば——。

冬吾は部屋の真ん中で腕を組んで座ったまま、いかにもげんなりしたように息をひとつ吐いた。

「その子供は、一体どこの誰の子だ？」

一瞥《いちべつ》したのは座敷の隅、そこに小さな子供が身体《からだ》を丸めてすうすうと寝息をたててい
た。年の頃は二つ三つばかりの、幼い女の子だ。店に連れてきても泣きも駄々をこねも
せずにおとなしくしていたが、そのうちことんと眠ってしまったものである。

冷えて風邪《かぜ》をひいては大変と、るいが綿入れを子供に掛けてやっているところへ、例
によってぶらぶらと外に散歩に出ていた冬吾が帰ってきた。女の子を一目見るなり、

「ちょっとここへ来て座れ」とるいを自分の目の前に座らせて、先の質問となったわけ
だ。

「それがその、ええとですね……」

どこの誰の子かわかれば苦労はしないわと、るいは思った。

「お父《と》っつぁんが、ひょんなことで拾っちまった子で」

「作蔵《さくぞう》が拾っただと？」

とたんに、俺が拾ったわけじゃねえと部屋の中で声がした。

「いきがかり上ってやつだ。るいが連れて帰るって言ってきかねえからよ」

壁からむくりと中年男の顔が浮き出して、口元をひん曲げる。るいの父親の作蔵は、妖怪『ぬりかべ』だ。もっとも、『ぬりかべ』が実際に作蔵のごときモノかというとそれは当人にもわからぬことで、でもまあ壁のお化けには間違いないのだし、誰も正しき『ぬりかべ』がどういうものか知らないのだから、便宜上作蔵を『ぬりかべ』と呼んだところで差し支えなかろうということになっている。

作蔵はるいが十二の年に酔っぱらって凍った夜道で足を滑らせ、そばにあった壁に頭を打ちつけるという、ちょっと間抜けな死に方をした。いろんな意味で打ち所が悪かったらしく、おそらくその時に魂がつるりと壁に入ってしまったのであろう。今は九十九字屋の蔵の壁を居場所にして、鼠《ねずみ》よけと泥棒よけにはなっているので、おのれは居《い》候《そうろう》ではないと主張している。

「じゃあお父っつぁんは、この師走の寒空にこんなに小さい子をほっぽり出して平気だっての？」

「そんなことは言ってねえ」

「だいたい、お父っつぁんが相手をぶん殴って追っ払ったりするから、この子がどこから来たのかわからなくなっちまったんじゃないか」

「なんだと、だったらこのガキが拐《かどわ》かされるのを黙って見てりゃよかったってのかよ。おまえこそ、薄情なことを言いやがる」

「そうじゃなくて、一人くらいとっ捕まえておきゃよかったのにって言ってるの。そうすりゃ、親の居場所の見当くらいついたかもしれないのに」

おい、と冬吾が割り込んだ。

「ただの迷子じゃないのか。なんだ、拐かしとは？」

面倒はごめんだぞと唸《うな》りながら、ぼさぼさと額にかかった髪をかきあげる。この長い髪と大きな黒縁の眼鏡《めがね》のせいで、顔立ちも表情もよくわからない。九十九字屋の店主は歳《とし》はおおよそ三十前後、しかし商いが風変わりなら本人も風変わりで、さらに先に述べたように愛想もへったくれもないものだから、一見、外見も中身も摑み所のない人物である。

奉公人の目から見れば、突《つ》っ慳貪《けんどん》だし威張《いば》りんぼだし、おまけに人使いも荒いとあって、かなり難ありの性格だ。——でも、とるいは思う。冬吾様は本当は、優しい人だ。まあ、気遣いの方向が世間といささかずれてはいるけれども。

その愛想なしで横柄で、気遣いがひどくわかりにくい店主は、寝ている幼子をもう一度一瞥すると、肩をそびやかせた。

「ちゃんと順序立てて話せ。——今朝のくだらない父娘ゲンカのあとで、一体どういう『いきがかり』と『ひょんなこと』があれば、今あの子供がここにいるという事態になるんだ？」

「そんな、くだらなくなんてありません。お父っつぁんがあんまり口が悪いから」

るいがぷっと頰をふくらませると、すかさず作蔵も、

「けっ、俺ぁ思ったまんまを言ったまでだぜ」

「何よう、たまには褒めてくれたっていいじゃない」

「自分の娘におべんちゃら言う親がどこにいるってんでぇ」

「お父っつぁんの馬鹿！」

「おうおう、親にむかって馬鹿たぁ、この罰あたりが！」

顔をつきあわせて睨《にら》みあった二人に、冬吾がびしっと声を放った。

「ケンカのつづきは、説明のあとにしろ」

ともかくも事の発端は冬吾の言うとおり、この父と娘の口ゲンカであった。

一

たいていのケンカがそうであるように、きっかけはささいなことだった。

その日の朝、店を開けてすぐにナツが顔を出して、可愛らしい貝殻を器にした紅《べに》をるいに見せた。

近所の小間物屋が最近になって売り出した物で、界隈《かいわい》の娘たちの間では評判の品だという。

「なかなか良い色だろう？」

「本当、綺麗ですね」

るいは貝殻を手にして、そこに塗られた紅の色をしげしげと見つめた。紅にもいろいろあって、京からの下り物の最高級品などは目の玉が飛び出るほど高価だと聞く。これは、娘たちが気軽に手に取ることができるというくらいだから、とびきり質がよいというわけではないのだろう。それでも、華やかな色は美しかった。

(そういえばあたし、紅なんて今まで買ったことがなかったなぁ。これ、幾らするのか

しら）

　そんなことを思いながらるいが手にした貝殻を返そうとすると、ナツはニッと口の端を引いた。

「気に入ったのなら、あんたにあげるよ」

「え、でも」

「評判につられて買ってはみたが、あたしにはちょっと似合わない気がするのさ」

　そう言って微笑《ほほえ》むナツの唇が、玉虫色に光る。質のよい紅を贅沢《ぜいたく》に塗り重ねないと出ない色だ。だったら何も娘らが欲しがるような紅など買う必要はないのに……と、首をかしげてから、

（もしかして、これ）

　るいはあっと思った。

（ナツさんは、端《はな》からあたしにくれるつもりだったんじゃ……？）

「あんたも年が明けたら十六だ。そろそろこういう物も、必要になるだろうよ」

　やっぱり、とるいは思った。きっと、そうなのだ。でも、それを口にだして聞き返すのは野暮《やぼ》というもの。ナツの心遣いが、胸にじんわりと嬉しかった。

「本当にいいんですか？」

「もちろんさ」

「ありがとうございます！」

世間の娘なみに、るいだって紅や白粉《おしろい》には興味があるし、綺麗な物は大好きだ。貝殻を掌《てのひら》で包み込むようにして、声を弾ませた。

ナツはうなずくと、さっそくつけてみるかいと言う。

「え、今ここで？」

るいが戸惑っている間に、ナツは持っていた巾着袋から小さな丸い鏡と紅筆を取りだした。水を含ませた筆で紅を溶いて、るいに手渡す。促されるままおずおずと唇に紅を差しながら、るいは鏡をのぞきこんだ。自分の顔がいつもよりずっと大人びて見えて、どきどきした。

「おや、美人になったじゃないか」

「そ、そうですか？」

「見違えたよ。紅ひとつで、ずいぶんと変わるものだねえ」

ナツが目を細めて言った時であった。

「――ふん。見られたもんじゃねえや」

盛大に鼻を鳴らす音とともに、部屋の壁から作蔵がぬうっと顔をだした。

るいは鏡を下に置いて、父親を見た。

「何よ、それ」

「血でも塗ったくったみてえな赤い口しやがって。出来損ないの鬼婆じゃあるめえし、色気のかけらもありゃしねえ」

「ちょいと、お父っつぁん」

るいは紅を差した唇を突きだして、作蔵を睨んだ。弾んでいた気持ちがしゅんと萎《しぼ》む。同時に、むかむかと腹が立った。

「自分の娘によくそういうことが言えるわね！」

作蔵はふんっとまた鼻を鳴らし、腕を伸ばすとるいに指を突きつけた。

「てめえの娘だから言ってんだよ。紅なぞ似合わねえ似合わねえ、やめとけってんだ」

「ひどい、せっかくナツさんがくれたのに！」

初めて紅をつけたのに。美人だって言われて嬉しかったのに。

「およしよ、大人げない」ナツが呆れたように窘《たしな》めると、

「うるせえ。おめえも化け猫のくせに、他人の娘によけいなことをすんねい」と、さらに不機嫌になった作蔵である。

「お父っつぁん、なんてこと言うのよ！」

るいがカッとなって怒鳴れば、本当のことを言って何が悪いと作蔵も悪態をつく。そこから、やいやいと口ゲンカがつづいた。

「何事だ」

二階から下りてきた冬吾が父娘の応酬を目《ま》の当たりにして、顔をしかめた。もはやあきらめ顔でいたナツが「それがねぇ……」と事情を説明する。

「まあ、原因をつくっちまったあたしも悪かったのさ」

「紅ひとつでこの騒ぎか。――それで、いつになったら終わるんだ、これは」

「毎度のことながら、ヘタに口をはさむとかえって長引くよ」

「まったく」

くだらないとばかりに冬吾は自分の部屋に戻ってゆき、ナツはするりと三毛猫の姿に変わると火鉢の横に丸まって、傍観をきめこんだ。

そうこうしているうちに、

「お父っつぁんなんか、もう知らないわよう！」

「上等だ、こっちこそおめえの面など見たくもねえや！」

「じゃ、どこへでも行けばいいでしょ！」

「言われなくともそうすらあ！　俺ぁ、ここを出ていく。頼まれたって、こんなところにいられるかってんだ！」

あとで泣きついても知らねえからなと捨て台詞《ぜりふ》を残して、作蔵は店を飛び出した……と、人間ならさしずめそうなるところだが、妖怪『ぬりかべ』なので、九十九字屋の壁から抜けだして姿を消した。

「もうっ、お父っつぁんの馬鹿――！」

涙目でぷんぷん怒るるいを見て、丸くなっていた三毛猫はこっそりため息をついた。

「ほら、泣くんじゃないよ。ああ、そんなに手で顔をこするもんじゃないってば。せっかくの紅までぐちゃぐちゃじゃないか」

「だって。お父っつぁんたら、ナツさんにまで憎まれ口を叩いて」

「かまわないさ。それより、あたしもうっかりしていたよ。……あんたのお父っつぁんの気持ちを考えなかった」

「お父っつぁんの気持ち……？」

るいは洟《はな》を啜《すす》りながらナツを見る。

が、ナツは薄く目を細めたきり。首をかしげるるいに何も答えなかった。


「――えいくそ、面白くねえ」

店を出た作蔵は、しばらくあちこちの壁をうろついたあげく、ようやく隣町の寺の壁に落ち着いた。九十九字屋のある北六間堀町から、通りをひとつ隔てた北森下町《きたもりしたまち》、そこにある長桂寺《ちょうけいじ》という寺だ。

実のところ作蔵は、るいが近くにいないと自由に動き回ることができない。どういう道理かは当人にもわからないのだが、おのれ一人で遠出したり、知らない場所へ行くことができないのである。

以前にるいが別の店で奉公している間、一年ばかり海月《かいげつ》という和尚《おしょう》の寺に封印されていたことはあったが、そんなふうにお互いによく知っている相手のもとや（なにしろ海月の寺には自分の位牌を預けてある）、よほど行き馴《な》れている場所ならば、無理をすれば顔を出すことはできるのかもしれない。しかし、生前親しかった者の前に『ぬりかべ』の姿であらわれても大騒ぎになるだけだし、よく知っている場所といってもたかが知れている。かつて住んでいた長屋だの、行きつけの居酒屋だのの薄っぺらい壁や板塀は、居心地が悪いので好きではなかった。

では近くというのがどれくらいの距離かといえば、せいぜいるいがいる場所と同じ町内か、頑張って隣町くらいのものだ。――そのせいで作蔵はこうして、長桂寺の壁でふて腐れる羽目になっているのである。

とまれ、家出もままならないのだから、妖怪というのも案外不便なものだ。

ああ面白くねえと、壁の中に沈み込んだまま作蔵がもう一度唸った時だった。地面につもったままの落ち葉をがさがさと踏んで、こちらに近づいてくる者の気配があった。

そこは寺と隣の武家屋敷の壁にはさまれた、隙間のような細い道である。両側から頭上を覆うように樹木の枝がさしかかり、葉が茂る夏は昼間でも鬱蒼《うつそう》と暗い。落葉した冬の今も高い壁にさえぎられて、陽射しがほとんど地面に届かない。ゆえに普段は人通りの滅多にない、寒々と寂しい場所だ。

やってきたのは、一人の男だった。なりは普通の町人だが、どことなく粗野で剣呑《けんのん》なものを感じさせる。こいつは堅気じゃねえなと、作蔵は思った。

男は身を潜《ひそ》める作蔵の、すぐそばで足を止めた。誰かと待ち合わせでもしているのか、姿を見せてまださほど時間も経っていないというのに、苛立《いらだ》ったように身体を揺すっている。果たしてそれから四半刻ほどして、別の男がその場にあらわれた。

おや、と作蔵が思ったのは、相手が子供づれであったことだ。やはり町人姿の若い男であるが、背中に幼い女の子をおぶっている。子供はすやすやとよく寝入っていた。

遅いじゃねえかと待っていた男が言い、約束の刻限には間に合ったと相手の男が返す。作蔵は思わず二人の会話に耳をそばだてた。するとなんと、子供はどこかからさらわれてきたらしく、男たちはその子を売る算段をはじめたのだ。

(子盗《ことと》りかよ。こいつぁ驚いた)

壁に耳ありどころか、その壁が妖怪だなどとは知るよしもなく、男たちはさっさと話をまとめると、子供の受け渡しにかかった。若い男が子供を背中から下ろすと、目をさました女の子は少しむずかりながら、「お母ちゃんは?」とたどたどしく言った。

「おめえの母ちゃんなら、あっちで待ってるぜ。母ちゃんのところまで、一緒に行こうな」

最初の男が声ばかりは優しげに、子供の手を強引に引いた。そのまま連れ去ろうと歩

きだしたとたん、

「……おい、何をしやがる!?」

怪訝《けげん》な声をあげたのは、いきなり後ろから襟首《えりくび》を摑まれ、ぐいと乱暴に引っぱられたからだ。てっきりもう一人のほうが引き留めたのだと思い、振り返って睨みつけてから、男は奇妙な顔をした。

当の仲間はといえば、離れた場所で立ち竦《すく》んだまま、なぜか真っ青な顔であわあわと震えている。相手が手を伸ばして届く距離ではないと気づいて、男はぎょっとした。

「いいい今、今、そこから」若い男は震える手で壁を示すと、「手、手が」

「はぁ？　手だと？」

「壁の中から手がぬうっと出てきて、おまえの襟首を摑んだんだよっ」

「なんだと、わけのわからねえことを」

「ほ、本当だ、俺ぁこの目で見たんだ！」

「だったらおめえの目がどうかしちまったんだろうよ。どうやって壁から手が出てくるって――」

最後まで言えず、男はあんぐりと口をあけた。まさにその瞬間、漆喰《しっくい》の色をした長い腕が壁の中から伸びて、ぶるぶる震えている仲間の顔面を拳でぶん殴ったからだ。

「ひぃ！」

吹っ飛ばされて地面に叩きつけられた若い男は、噴き出す鼻血を拭いもせずに、這《は》うようにして逃げだした。

「う、うわあぁ!?」

取り残された男のほうは、子供の手を離すと、腰をぬかして尻餅をついた。

「ば、化け物——！」

けっ、と壁から声が聞こえた。と思ったら、壁の表面がぞぞっと波打って、そこにいかつい顔が浮き上がった。ぎょろりと目をむいて、男を睨みつける。

「ガキをさらって売っぱらうたぁ、ふざけた野郎だぜ。てめえらみてぇな悪党を見逃したとあっちゃア、こちとらお天道様《てんとうさま》に顔向けできねえ。二度とこんな真似ができねえよう、その根性を叩きなおしてやるからァ、覚悟しやがれい！」

芝居がかった台詞を高らかに吐くと、作蔵は拳を突きだした。五、六尺ほども腕が伸びて、男の横っ面を容赦なく殴りとばす。地面にへたり込んでいた男の身体がごろごろと木場の丸太のように転がって、だがはずみで腰がしゃんとしたのか、男はそのまま立ち上がると「助けてくれ！」と叫びながら、脱兎《だつと》のごとく駆けだした。

「えい畜生、逃げ足の早ぇ《はえ》野郎だ」

この次はこれだけじゃすまねえぞ——と、逃げてゆく男の背中に大声で凄《すご》むと、作蔵はふふんと鼻を鳴らした。

「愉快、愉快。ああ、胸がすっとしたぜ」

さっきまでふて腐れていたのが嘘のように上機嫌の作蔵だったが、そこではたと気がついた。

男たちに置き去りにされた女の子が、とことこと壁に近づいて、きょとんと目をいっぱいに見開いて作蔵を見上げていた。


さて一方、るいはというと。

(お父っつぁんたら、どこへ行ったのかしら)

ケンカのあとしばらくして怒りがおさまってくると、店を飛び出した作蔵の行方《ゆくえ》が気にかかりはじめた。

べつにあたし、お父っつぁんを心配しているわけじゃないわ。だって壁なんだから、お腹《なか》がすいたり、凍《こご》えることもないし。妖怪だから怪我をしたり病気になったりってこともないだろうし。万が一死ぬ目にあったって死にゃしないわよ。だって、とっくに一度死んでるんだから……。

(どうせお父っつぁんは遠くになんて行けないもの。それに悪いのは、お父っつぁんのほうだもの。あたしのほうから、どうこうすることじゃないでしょ)

そんなことを思いながらも、どうにも落ち着かない。店番《たなばん》をしながらうろうろソワソワしていると、探しに行っといでとナツが声をかけてきた。

「店にはあたしがいるからさ」

言うや否や、火鉢のそばで丸まっていた三毛猫は、さっと女の姿になった。るいにニコリと笑いかける。いつもながら、見事な変身ぶりだ。

「でも」

「あんたが迎えに行かなきゃ、作蔵は戻るに戻れないだろうよ。意地っ張りな男だからねぇ、引っ込みがつかないいんじゃないかね」

そのとおりだとるいも思ったので、ありがたくナツに留守を頼んで、店を出た。

(お父っつぁんなんて、何日か放っておいたってかまわないけど。……でも仕方ないわ。

娘のあたしが折れてあげなきゃ、お父っつぁんはああいう性分だもの、自分からは絶対に謝りゃしないんだから）

あたしってなんて大人なのかしらと自分を褒めてやりながら、さて作蔵の行きそうな場所はとるいは考えを巡らせた。

町屋ではないだろう。どこか立派な壁のあるところ。多分、武家屋敷とか大きなお寺とか。それで作蔵の動ける距離を考えれば、

（隣町の南のほうにお武家さまの屋敷がひとつあったわね。それから、北にもお寺とお屋敷があるわ）

さすが父親をよく理解している娘は、さっさと見当をつけて通りを急いだ。まずは南森下の武家屋敷に向かったが、広大な敷地を囲む塀を一巡りしても作蔵がいる気配はなかった。作蔵はこういう時にわざと隠れて知らん顔をするような陰険なことはしない。むしろ表にでてきて迷惑なくらいわあわあと騒ぎだすはずなので、ここには本当にいないのだろう。

次に北の五間堀《ごけんぼり》沿いの武家屋敷まで来て、るいはちょっと迷った。寺と屋敷がぴったりお隣どうしだ。どちらから探そうかしらと思いながら、とりあえず両者の敷地の境界

にある小道をのぞいてみることにした。

　すると――。

「あ、お父っつぁん⁉」

　道の真ん中あたりで、作蔵が顔を出しているのを見つけた。しかも、なんだかおかしなことになっていた。

「なにをしてるのよ、お父っつぁん！」

「おおい、るい。助けてくれぇ！」

　娘に気づいた作蔵が、なんとかしてくれと情けない声をあげた。

　壁から突きでたその腕に、幼い女の子がまとわりついている。えいえいと『ぬりかべ』の手を引っぱりながら、きゃっきゃと楽しそうに笑っていた。

二

「――と、いうわけなんです」

　作蔵と一緒になって事の次第を説明してから、「その子の名前は、おちせちゃんだぞうです」とるいはつけ加えた。

放っておくわけにはいかずに店に連れ帰ってきたものの、やっと三つかそこらの子供では親の名前も住んでいる場所もわからない。ただ、おちせという名だけはどうにか本人から聞き出すことができたのだ。

冬吾は相変わらず腕を組んでむっつりしたまま、「番屋へ連れていけ」と投げやりに言った。

「迷子を拾ったということにしておけばいいだろう。拐かしの話になると、作蔵のことを誤魔化《ごまか》すのが面倒だ。まさか妖怪が出てきて犯人を追い払ったとは言えんからな」

るいとてそれが、頭になかったわけではない。

「番屋にはもう連れていきました」言って、肩をすぼめる。「でも、おちせちゃんをあそこに一人で置いていくのは、なんだか可哀想な気がして」

「可哀想？　どういうことだ」

「この時期なので番屋には大勢が詰めかけていて、大声でケンカしている人たちもいて……おちせちゃんはそれを見てすっかり怖がっちまうし、町役人の皆さんもそりゃもうてんてこ舞いの有様で、あれじゃとても小さな子供の面倒をみている暇なんてありゃしないと思うんです。それで」

本来、迷子がいれば近くの自身番でその子を預かり、親を探すことになっている。親が見つかるまでの間は、番屋の町役人――たいていはその町の名主や大家の家で子供の面倒をみるのが通常だ。

しかし師走もいよいよ押し迫ってくると、世間もなにかと気忙《きぜわ》しい。人の右往左往が多ければ掏摸《すり》やかっぱらいの被害も増えるわけで、そのうえ年末の掛け取りを巡っての諍《いさか》いやら大小さまざまな揉め事もどっと増えて、番屋に駆け込んでくる者が後を絶たない。

おちせの手をひいて番屋にむかったものの、大人たちが血相変えてわあわあ言っている最中に、こんな小さな子供を預けることなどとてもできないと、踵《きびす》を返して店に連れてきてしまったるいであった。

「では、一体その子供をどうするつもりだ?」

苦虫を嚙《か》み潰《つぶ》したような声で冬吾に問われて、「えっと、それは」とるいは口ごもった。

「ここでしばらく預かるってのは……」

駄目ですかと、るいは上目遣いで冬吾を見た。

「もちろん、折を見て番屋が手すきの時に、もう一度おちせちゃんを連れていこうと思うんです。……あの、明日とか明後日《あさって》くらいに」

「明日明後日で、町役人の手が空くとは思えんがな」冬吾は大仰《おおぎょう》に息を吐いた。「預かっている間は、誰が面倒をみるんだ」

「それはあたしが、ちゃんと世話しますから。店番やお使いの合間におちせちゃんの面倒もみて、お店には迷惑はかけませんから」

だって、番屋で大声で争う大人たちを見て、おちせはべそをかいてぎゅっとるいにしがみついてきたのだ。こんなに小さいのに、ただでさえ拐かしなんて怖《おそ》ろしい目にあったばかりで、お父っつぁんやおっ母《か》さんに今すぐ会いたいに違いない。そう思ったとたんに、るいの胸はきゅうと痛んだ。——そりゃもちろん迷子の届け出はしなくちゃいけないし、他人様《ひとさま》の子供を預かるなんて簡単に言えることではないのはるいもわかっていない。それでも、この子を知らない大人ばかりの番屋に残していくのは、どうしたって可哀想だと思ってしまったのだ。

「おまえにできるのか。何かあったらどうする気だ。まだ舌もろくに回らぬような子供だぞ」

冬吾の口調はやはり素っ気ない。猫の子を拾ってきて世話をするのとは違うと言われ、るいは言葉に詰まった。すると、

「――猫の子も人間の子も、大差はないよ。しっかり面倒をみてやらなきゃならないことにかわりはないさ」

二階から人の姿で下りてきたナツが、あたしも手を貸すようなずいて見せた。

「これでも子供を産んで育てたことくらいあるからね。なに、おとなしいし可愛い子じゃないか」

ありがたい申し出に、るいは思わず身を乗り出した。

「あの、それにお父っつぁんもいます。お父っつぁんも子守を手伝ってくれます！」

おい待てなんで俺がと、壁が唸った。

「だっておちせちゃん、お父っつぁんに懐いているもの」

「はあぁ？」

作蔵が目をむいたとたん、当のおちせが目をさまして、むくりと身体を起こした。目を丸くしてあたりを見回していたが、部屋の壁に浮きでた男の顔に気がつくと、わあと

歓声を上げる。さも嬉しそうに駆け寄って、小さな掌でぺたぺたと壁の表面を叩きはじめた。

「ほら懐かれてる」

「そもそもこの子が嫌がりもせずに店に入ってこられたのも、初っ端《しょぱな》にあんたと係わっちまったからだよ。あやかし絡みでなきゃ、九十九字屋の敷居はなかなかまたげないからね。責任とりな」

やめろやめねえかこらと弱りきっている作蔵を見て、るいとナツは盛大に噴き出した。が、一人むっと口を結んでいた冬吾が、いきなり「出かける」と立ち上がったのを見て、るいは慌てて笑みを引っ込める。

「冬吾様――」

「番屋へ行ってくる」

やはり駄目かと肩を落としたるいだが、

「親は今頃半狂乱になって子供を探しているだろう。届け出がなければ、親がその子を見つける手がかりもなくなる。――とりあえず番屋に名前と特徴を伝えておいて、しばらくはこちらで預かるから、誰かがその子を探しにきたら筧屋《かけいや》に知らせをよこすように町役人には頼んでおく」

冬吾の言葉に、目を瞠《みは》った。

「あ、ありがとうございます！」

冬吾は土間に下りると、もう一度るいに目をやった。いつもの皮肉や嫌味ではない、きっぱりとした声で言った。

「迷子を預かるというのは、責任を持ってその親を探して、子供を返してやるということだ。だがそれは、けして簡単なことではない。無理だと思ったら、すぐに番屋に連れていけ。さもなくば、子供がもっと可哀想なことになる」

そうだ、あたし、おちせちゃんのお父っつぁんやおっ母さんを探してあげなくちゃ。頑張って、早く見つけてあげなきゃいけない。るいは座ったままぴんと背筋を伸ばすと、「はい」と大きくうなずいた。


翌日からるいは、おちせの親を探して奔走した。

夜はおちせを筧屋に連れて帰って、食事をさせて寝かしつけた。昼間はナツに子守と店番を頼んで、あちこちの番屋に訊いて廻ったり、神社や寺、橋の袂《たもと》など人の集まりそうなところへ足を運んだ。

人間の数が多いぶん、江戸の町は身元の知れぬ者、行方の知れなくなる者の数も多い。迷子もそうだ。祭りの人混みなどでふとしたはずみで親とはぐれ、あるいは他人に連れ去られて、そのまま親もとに戻れなくなる幼い子供はけして少なくない。

人の往来の多い橋や寺社の境内などでは、いなくなった子供の名前や年齢特徴を記した紙が数多く貼られている。いずれも我が子の手がかりを求め、悲嘆にくれる親たちがすがる思いで残したものなのだ。ちなみに『迷子のしるべ石』と呼ばれる石柱が庶民の手によって方々に立てられ、迷子を探す側と保護した側がそれぞれ札を貼って手がかりのやりとりをする、いわば伝言板の役割を果たすようになるのは、享和《きょうわ》の今よりも少し後のことである。

さて。深川はもちろん、本所《ほんじょ》のほうにも行って番屋を訪ね歩き、近場の橋や寺社を巡って迷子の紙に書かれた情報を丹念に調べる——ということを三日もつづけると、

(これは大変だわ)

さすがにるいも、そう思いはじめた。冬吾が言ったように簡単なことではないというのは覚悟していたつもりだが、本当にそれがどれほど簡単ではないことなのかを、身に

沁《し》みて実感した。

あちこちに貼られている紙は膨大な数で、しかも新しい貼り紙がないか確認するために同じ場所を何度も見て廻らなければならない。それだけでもうんと時間がかかる。どこの番屋でもおちせらしき子供を探している者の情報はなかったし、るいが一日で足をのばせる範囲などたかが知れていた。

それに、おちせの親が大川《おおかわ》（隅田川《すみだがわ》）からこちら側に住んでいるとはかぎらないのだ。もしもおちせが攫《さら》われたのが深川とは縁もゆかりもない遠いところだとしたら、親が真っ先に探すのもその界隈《かいわい》だろう。とすると、るいがここでせっせと歩き廻ったところで手がかりなど得られようはずもない。考えるだけで、途方にくれた。

「どうしよう、お父っつぁん」

今もこうして訪れている寺に新しい貼り紙がないことを確かめて、るいは深くため息をついた。とぼとぼと境内を出て、傍らの塀に話しかけた。

「どうもこうもねえや。迷子探しってのぁ、人手も時間もいるもんだ」

声だけで、作蔵が応じる。長屋で迷子が出たら、住人が総出で探し廻る。町役人が迷子を預かるのは、それだけ伝手《つて》も信頼もあって多くの人間を動かせるからだ。おめえ一人じゃ土台無理な話だと言われ、るいはまたため息をついた。

「あたし、浅はかだったわ」

今思えば、おちせを店で預かりたいとるいが言った時の、冬吾の素っ気ない態度も言葉も、ちゃんと理由はあったのだ。るいが何もわかっていなかっただけだった。

(こんなんじゃ、何年もかかっちまうわ。それだって、あたしが絶対におちせちゃんのお父っつぁんやおっ母さんを見つけられるって保証はないのよね。……あたしはお店の奉公人なのに、何もかも放り出して、ナツさんにいつまでも店番をやってもらうわけにはいかないし)

そんなことを考えて気が滅入っていると、傍らの塀の中からまた低い声がした。

「けどよ、るい。おめえがあの子を可哀想に思って、何とかしてやりてえって考えたその気持ちだけは、間違っちゃいねえと俺は思うがな」

父親の言葉に、るいは目を瞬《またた》かせた。

「……うん」

空を見上げると、お天道様はまだ頭の上にある。冬の日の昼間は短いけれど、今日できることはまだある。踏ん張って、こんなところでぐずぐず言ってないで、自分にできることだけでもやらなければと、るいは思った。

結局はおちせちゃんを、番屋に連れて行くことになるのかもしれない。でもそれは、あたしが大変だからとか一人じゃ手に負えないとか、仕方がないけどそのほうがおちせちゃんのためだとか、そんな泣き言や言い訳でやっちゃいけないことだ。そんなことをしたら、あたしはあたしが恥ずかしくて、この先ずっと後悔する。

よし、とるいは足早に歩きだした。どうするんだと、作蔵が声をかける。

「掛札場へ行ってみるわ」

「今から芝口《しばぐち》へ行くってのか？　戻る頃にゃ暗くなってるぞ」

「でも、何かわかるかもしれないじゃない」

掛札場というのは、お上が行方不明者の情報を広く報せるために設けた公共の伝言板のようなものである。場所は芝口（新橋《しんばし》）であるから大川を越えてちょいと遠くではあるけれど、おちせの親もそこになら手がかりを残しているかもしれない。そう思い、るいは小走りに橋を目指した。

「で？　わざわざ掛札場まで行って、手がかりのひとつでもあったのか」

「ありませんでした」

日が暮れてからへとへとになって帰ってきたるいを見て、冬吾は案の定だなと頭を振った。その皮肉っぽい仕草よりもるいが目を丸くしたのは、座敷の火鉢で手を炙《あぶ》っている彼の膝《ひざ》の上に、綿入れで丸くくるまれたおちせが機嫌よくおさまっていたことだ。

「あの、冬吾様……？」

「ナツに子守を押しつけられた。おまけにここからどかそうとすると泣き出すから、身動きもとれん」

おちせは手を伸ばし、むにむにと冬吾の頰を触っている。それを払いのけようとはせずに、冬吾が「おまえが面倒をみるのではなかったのか」と渋い顔で言うものだから、すみませんと謝りつつるいは口元をおさえて笑いを嚙み殺した。

「それでナツさんは」

「この辺りで迷子を探している親がいないかどうか知り合いに訊いてくると言って、さっき出ていった」

知り合いと聞いてるいが首をかしげると、冬吾は肩をすくめた。

「そのへんの猫のほうが、人間よりも情報が早いこともある」

そういうことかと、るいは肩を下げる。

「申し訳ありません。あたしが言い出したことで、皆さんにも迷惑をおかけすることになって」

「まったくだ」

「自分でやってみて、子供の親を探すのがどれほど大変なことか、よくよくわかりました」

「わかったのなら、もう諦めろ。――と、言いたいところだが、そうもいかん」

しょんぼりと下を向きかけて、るいは「はい？」と顔をあげた。

冬吾はいかにもげんなりしたように、

「番屋で事情を説明した時に、町役人の年寄りどもに願ってもないことでよろしく頼むと、逆に押しつけられてしまってな。とりあえず年を越すまでは、こちらでこの子供を預からねばならん」

店主が人付き合いを嫌うために、町の自治に係わる人たちが九十九字屋を――あやかしに無縁な人間は近寄らないような店を――どういうふうに認識しているかは、るいにはわからないことだ。だが冬吾が店と一緒に筧屋を経営していることは、彼らも知っているはず。旅籠《はたご》なら子供を預けても大丈夫とふんだのだろう。

どのみち町役人であろうと、迷子を預かるのが負担であることにかわりはないので、冬吾の申し出はありがたいものであったに違いない。

「だから当面は、おまえが責任をもってこの子の親を探せ」

「わ、わかりました」

困惑するようなホッとしたような気持ちで、るいはうなずいた。

冬吾は束の間黙り込むと、何やら憂鬱《ゆううつ》そうに息をひとつ吐いた。「おい、作蔵」と呼びかける。

「なんでぇ？」

「子守を交替しろ」

「偉そうに言いやがって、やい何様だ、てめえは」

「ここの店主だ」

だから何だってんだとぶつくさ言いながらも、渋々と作蔵は部屋の壁から腕を出した。しゅるりと長く伸びた二本の腕が、冬吾の膝にいた子供をおっかなびっくり抱き上げる。そのまま空中に持ち上げると、それがよほど面白かったのか、おちせは足をぱたぱたさせて笑った。

「落っことさないでよ、お父っつぁん」

「言われなくとも、わかってら」

腫《は》れ物に触るように子供をあやしている作蔵を横目にして、冬吾はまたため息をついた。何かうんと気にかかることでもあるのかと、見ているほうは首をかしげたくなる。

「……猿江町《さるえちよう》に辰巳《たつみ》神社という社がある」

冬吾はあらためてるいに向き合うと、唐突にそう言った。

「辰巳神社？」

「昔、我が子が神隠しにあった親がその神社に祈願したら、無事に子供が戻ったという言い伝えがあってな。今でもそこの境内にある石に迷子を尋ねる紙を貼っておけば、いなくなった子供が見つかる――と、言われている」

「そんなありがたい神社があるんですか!?」

「真偽はともかく、それを信じて社にやってくる親は多いということだ。おちせの親がどこに住んでいようと、もしも辰巳神社の話を耳にしていれば、そこまで足を運ぶ可能性はあるだろう。必ずとは言えんが、このまま当てずっぽうに親を探して歩き廻るよりは、そちらを訪ねるほうが望みはあるかもしれん」

わかりました、とるいは背筋を伸ばした。

「明日にでもあたし、その神社に行ってみます！」

「ただし……」

言い差して、冬吾はさも嫌そうな顔で横を向いた。

「あそこの神主には係わるな。ろくでもない奴だからな」

三

翌日、おちせをナツに預けて、るいは朝のうちに猿江町へ向かった。

大横川《おおよこがわ》にかかる猿江橋を渡ると、武家地の塀が目に入る。町屋よりも武家屋敷のほうが多いその町の一角に、辰巳神社はあった。敷地はさほど広くはないが、由緒のある社なのだろう。全体的に古めかしくはあっても、寂れてはいない。きちんと手入れはされているらしく、参道もきれいに掃き清められていた。

鳥居をくぐって見回すと、境内の隅に瘤《こぶ》のように地面から突きでた石が目にとまった。

高さは四尺に少し足りないくらい、丸みを帯びた大小の二つの石が寄りあったようなかたちだ。近くに寄ってみると、灰色がかった石の表面には子を探す親たちの残した紙がところ狭しと貼ってあった。雨で紙が剝がれないようにとの配慮なのか、石は三方を板塀で囲われ、上には屋根もしてある。その板の部分にまで貼り紙があるのを見ると、この数日我が子を失った親のすがるような思いに触れてきたるいは、胸が痛んだ。

身を屈め、とりあえず最近のものと思われる尋ね書きを読んでいると、背後にふと気配が立った。

「――その石は、母子石《ははこいし》と呼ばれているんだよ」

るいが慌てて立ち上がって振り返ると、そこにいたのは四十がらみの小太りの女だ。色の褪《さ》めた野良着を着て、一見すればお百姓の女房といった風情である。お世辞にも美人とはいえないが、丸顔に丸い鼻、目尻の下がった目という面立ちは、いかにも人が好さそうで暖かみがあった。るいに向けた眼差しも、優しいものだった。

「母子石？」

そら、と女は目の前の石を指差した。

「大きな石と小さな石が、まるで寄り添ってくっついているように見えるだろう？　母と子が一緒にいる姿に似ているから母子石と、誰からともなくいつの間にか呼ぶようになったんだとさ」

なるほど言われてみれば、石のかたちが母親と小さな子供が仲良く身を寄せている姿に見えなくもない。

本当ですねえとるいがうなずくと、女はいっそう目尻を下げた。笑うと頰に柔らかなえくぼができた。

が、すぐに女は真顔になって、

「あんたも、自分の子を探しているのかい？　それともあんたくらいの年齢《とし》だったら、いなくなったのは小さな弟か妹かい？」

案ずる声音に、るいは急いで首を振った。

「違います。うちで女の子を一人預かっているんです。それで、親もとに返してあげたくて……」

ああ、と女は小さく息を吐いた。

「探しているのは親御さんのほうか。そりゃ今頃、さぞかし心配してなさることだろう。あんた方の子供はここにいると、早く知らせてやりたいものだね」

「はい」

でもよかったと呟いて、女はほろりとまた笑った。

「親御さんの気持ちを考えると、不謹慎だけどね。でも、少なくともその子は無事だった。……そうじゃないこともあるから」

るいは目を瞬かせると、あらためて女を見た。

「あの、あなたは――」

どうしてここにと口にしかけて、躊躇《ためら》った。訊いては悪いだろうか。この人も、迷子になった自分の子を探しているのだろうか。

だが女は、るいの胸の内を察したように、あっさりと言った。

「あたしにゃ、子供はいないよ。長年ここに住んでいるから、子を探している親たちのことはよく知っているんだ」

「ここに住んでいるんですか？　このお社に？」

「まあ、住み込みの下働きみたいなものさね」

女はお壱《いち》と名乗った。母子石の前に身を屈め、

「どら、あたしも一緒に探してあげるよ。その子の名前は？」

「いいんですか？」

「ちょうど手が空いているところだから」

おちせという名前と特徴を聞いて、お壱は石に貼られた紙を指でなぞるようにして読みはじめた。るいも慌てて傍らにしゃがみ込む。ありがとうございますとお礼を言って、ふたたび目線が下がったところで、ふと気がついた。

お壱は素足に草履を履いているが、その足がぬかるみに突っ込んだみたいに、踝《くるぶし》のあたりまでべったりと泥で汚れていた。妙だとるいは思う。このところずっと雨は降っていなくて、地面は風が吹くと土埃《つちぼこり》が舞い上がるほど乾いているのだ。この人は一体どこを歩いてきたのかしらと、るいは首をかしげた。

（幽霊ってわけじゃないわよね）

「どうかしたのかい？」

「い、いいえ」

お壱が怪訝《けげん》な顔でこちらを見たので、るいはとっさに首を横に振った。

しばらく二人で片っ端から紙を読んでいったが、おちせの親のものと思われる尋ね書きは見あたらない。るいは、ふうと小さく吐息をついた。

「この石に迷子の紙を貼っておけば子供が見つかるって聞いたんです。それが本当ならいいんだけど」

どうだろうねと、呟くような返事があった。

「神社の境内にある石だから、きっと神様の力が宿っている。こんなかたちをしているから、いなくなった我が子を守ってくれるだろう、子供に巡りあわせてくれるに違いないと……そう信じたいだけなのかもしれない。それこそ藁《わら》にも縋《すが》る気持ちでさ。ここに来る親たちの心情を思えば、仕方のないことだ」

でもねと、やるせなくお壱は言う。

「たかが石に、そんなたいそうな力なんてあるもんかね。もし本当にそんな神様の力みたいなものがあるのなら、ここにこんなに見つからないままの子供の名前が残っているわけがないだろうに」

「だけど、この神社に祈願したら神隠しにあった子供が見つかったという言い伝えがあるって……」

「ああ、ずいぶん昔にここでいっとき、身元のわからない子供たちを預かっていたことがあったんだ。それこそ迷子やら、いろいろ事情を抱えた子供らをさ。その噂を人伝てに聞いて、もしやいなくなった我が子に会えるんじゃないかと探しにくる親たちもいたろうさ」

実際それで再会できた親子もあったのだろう。その話が少しばかりありがたくかたちをかえて残ったんじゃないかと、お壱は言う。そうしてほろ苦く笑った。

「ごめんよ。こんなことを言うもんじゃないね。子供らが無事に親もとに戻ればいいと思っているのは、あたしも同じだよ。……ただね、長い間、こんな石に一縷《いちる》の望みをかけてやって来る親たちの姿を見てきたからさ、どうにも辛《つら》くなっちまって」

るいが返す言葉に迷っていると、お壱はふと耳をそばだてるようにして鳥居のほうを振り返った。「こっちへおいで」とるいの手を摑み、社の建物の陰に誘った。

どうしたのかと訊きかけて、るいにもすぐにわかった。境内に夫婦《めおと》らしき若い男女が姿を見せた。どちらもげっそりと窶《やつ》れた暗い顔をしている。女のほうは尋ね書きらしき紙をしっかりと握りしめていた。

「だけど、どうして隠れるんですか？」

「あたしらがそばにいたら、あの子が逃げちまうかもしれないだろ」

夫婦からわずかに遅れてついてくる、小さな影があった。五歳くらいの男の子だ。夫婦はまず社に手を合わせてから、母子石の表面のわずかな隙間に紙を貼りつけ、二人して長い間石を拝んでいた。男の子はその傍らに立って、しょんぼりとその様を見つめている。社の陰からそちらをうかがっていたるいは、小首をかしげてからあっと思った。

(あの子)

子供は手を伸ばして女の着物の袖を摑もうとした。が、摑めない。まるで空気のように指が袖からすり抜けてしまうのだ。

(……幽霊なんだ)

るいの目には、生者も死者も同じようにくっきりと輪郭をもって見える。だからすぐには気づかなかった。いや、気づきたくなかっただけかもしれない。——だって、そばにいるということは子供はきっとあの夫婦の子で、あの人たちが探しているのがあの子本人だとしたら。

(あの子は、もう……)

思わず口元をおさえたるいを見やって、お壱は悲しい顔をした。

「やっぱり、あんたも死んだ人間が見えるんだね」

母子石のほうに目を戻し、可哀想にと呟く。

やがて夫婦は重い足取りで神社をあとにした。男の子はそれを追っていくことはせず、たった今二人が貼っていった紙をじっと見ていた。そのうち爪先立つようにして、小さな掌で紙をぺしぺしと叩きはじめた。

何も知らぬ者が見れば、風もないのに石に貼られた紙が一枚だけひらひらと揺れて、剝《は》がれ落ちたようであっただろう。

お壱は社の陰から出ると、母子石に近寄って、地面に落ちた紙を拾い上げた。

「信太《しんた》っていうんだね」

声をかけると、男の子は驚いた顔でお壱を見上げた。お壱はしゃがんで目線を子供と合わせると、優しい声でつづけた。

「さっきのは坊のお父っつぁんとおっ母さんなんだね。坊がいなくなって、二人とも泣いているんだね」

こくりと子供はうなずいた。

「じゃあ、お父っつぁんとおっ母さんに教えてあげなくちゃいけない。坊は今、どこにいるんだい？」

男の子はぐるぐるとあたりを見回してから、あっちと南の方角を指差した。

「そうかい。坊は良い子だねえ。おばさんをそこまで連れていっとくれ」

お壱は子供の手をとった。そのまま二人で歩きだしたのを見て、それまでぽかんとしていたるいは慌てて母子石に駆け寄った。

「お壱さん！」

振り返って、お壱はうなずいてみせた。

「すまないねえ、こっちの用ができちまったから。今日はもう手伝えないけれど、あんたが探している相手のことはちゃんと気にかけておくよ。まかせておくれ」

また来ますと答えてから、るいはお壱と手を繋《つな》いだままぼうっと立っている信太に目をやった。

「あの、その子をどうするんですか？」

「親もとに戻してやるのさ」

「それは……」

つまり、と言いかけてるいは口を結んだ。

「若い娘が係わるようなことじゃないよ」

お壱はやんわりと言って、子供の手を引いて歩き出す。

——少なくともその子は無事だった。……そうじゃないこともあるから。

お壱が口にした言葉を思い出し、るいは遠ざかっていくその姿を、胸の中に大きな塊《かたまり》がつっかえたような気分で見送った。

結局、おちせの消息を尋ねる紙は見つからなかった。おちせの二親がまだこの神社にたどりついていないのだとしたら、やはり深川には住んでいないということなのかもしれない。それどころか、もし辰巳神社の話を知らないままだったら、るいがいくら待ってもおちせの親はここには来ないかもしれないのだ。

(……あたしったら。弱気になってるんじゃないわよ)

望みがないわけじゃない。お壱さんだって協力してくれると言っていたのだし。

母子石に手を合わせてから、るいは立ち上がった。まだ一日目なんだからと自分に言い聞かせて、神社を出た。

九十九字屋に帰ると冬吾の姿はなく、ナツが一人で店番をしていた。座敷に座っている彼女の膝に、おちせが頭を乗せて寝息をたてている。その背中を優しく撫でてやりながら、

「今日はずいぶんとぐずってねえ。やっとさっき寝かしつけたところだ」

聞けばおちせは、昼餉《ひるげ》もほとんど食べずに「お母ちゃん」とべそをかいていたらしい。そりゃおっ母さんが恋しいよねとナツは呟き、るいも子供の傍らに腰をおろしてため息をついた。その表情で、この日も収穫がなかったことを察したのだろう。今日はあんたが店番をやっておくれとナツは言った。

「毎日そんなにしゃかりきに歩き廻っていたんじゃ、身がもたないよ。今日のところは店でのんびりしてりゃいい。かわりにあたしが外に行って、親の手がかりがないか知り合いに聞いてくるから」

「そんなの悪いです」

昨日だってそうやって、訊いて廻ってもらったのに。恐縮するるいに、良い天気だから日なたぼっこのついでだと、ナツはニコリとした。

「そうそう、冬吾だけどね。今、源次《げんじ》親分に会いに行ってるよ」

源次は界隈を仕切る岡っ引きである。

「親分なら顔も広いし、頼めば手を貸してくれるだろうから」

でもこれは内緒の話だからねと言われて、るいは目を丸くした。

「どうしてですか？」

「素直じゃないんだよ。——でも、なんだかんだ言っても、あの男なりに気にはかけているのさ」

「冬吾様も、おちせちゃんのことが心配なんですね」

「どちらかといえば、あんたのことが心配なんだろう」ナツは喉を鳴らすように言う。

「親分に一杯奢《おご》るから自分は戻りが遅くなる、今日は早めに店の戸を閉めてあんたも休めとさ」

　ナツが店番をかわれと言ったのは、それを含んでのことだったらしい。るいは目を瞬かせてから、でっかく息を吐いて天井を仰いだ。

　こういうところ、冬吾様は優しいのだ。でも内緒だなんて言われたら、こっちはちゃんとお礼を言えやしないじゃないの。

「……あの神社のことだって、本当は教えたくなかったのだろうにね」

　ナツは眠っているおちせの背中を撫でつづけながら、呟いた。が、それは小さく息をこぼすような、ほとんど声にはならぬ独り言であったので、るいの耳には届かなかった。

四

翌日もるいが辰巳神社へ行くと、待っていたようにお壱は姿を見せた。すまなそうな顔で、

「昨日はあれから迷子を尋ねてきた親はいなかったよ」

あの後、神社に戻ってから見ていてくれたのだろう。礼を述べると、るいは手に持っていた包みを差し出した。

「ここへ来る途中で大福餅売りが通ったので、お壱さんと一緒に食べようと思って」

火鉢で温めながら売っている大福は、まだほかほかとしている。お壱は「おや、ありがたいね」と受け取った。

「白湯《さゆ》でいいかい？」

誘われるまま社の傍らにある詰所の小屋に入って、るいは上がり口に腰をおろす。開かれた戸口から境内を眺めていると、一度姿を消したお壱がすぐに湯呑みを二つ持って戻ってきた。

「あんたとは、前に会ったことがあったかねえ？」

さて大福を頬張ろうとした時に、お壱がしげしげとるいを見てそんなことを言った。

「いえ……あたし、お壱さんと会ったのは昨日が初めてだと思います」

そうだよねえとお壱は首を捻《ひね》る。

「でも、なんだか懐かしい気がしたんだよ。それで昨日、思わずあんたに声をかけちまったのさ。普段は人と話したりなんかしないんだけど」

「もしかしたら、知り合いとあたしの顔が似ているとか……」

お壱はちょっと考えてから、顔じゃないねと言う。

「うまく言えないけど、あんたの匂いみたいなものだ」

「え、あたし、匂いますか!?」

慌ててくんくんと自分の身体を嗅ぎだしたるいを見て、お壱は両の頬にえくぼを浮かべた。

「そうじゃない。あんたの持ってる空気がさ、あたしの知ってる誰かに似ていたのかもしれない」

そんなことを言ってから、お壱はゆるりと首を振る。

「なに、ただの思い違いさ。気にしないどくれ」

大福を食べ終わって白湯の残りを飲んでいると、境内に二十代半ばとおぼしき女が入ってきたのが見えた。重い足取りと疲れた表情から、我が子を探す母親だと一目でわかる。果たして女はまっすぐに母子石を目指すと、手にした尋ね書きを石に貼り、そのましゃがみ込むようにして手を合わせた。

はっとして、るいは上がり口で腰を浮かせた。が、立ち上がらずにまた座る。もしやおちせの親ではと思う一方で、違ったらと思うと動けなかった。女はここにいるるいのことなど、目にも入っていないのだろう。必死で祈るその姿に、声をかけることが躊躇われた。

「あれは違うよ。あんたが探している相手じゃない」お壱はぽつりと言った。「あの母親が探しているのは、男の子だ。もう何度もここに来ている」

「……そうなんですか」

「ああして石に手を合わせて、いつも泣いているんだ。悲しいねえ。早く子供が見つかるといいねえ」

うなずくことしかできずに、るいは下を向く。すると隣のお壱の足が目に入って、あれっと思った。

昨日と同じように、お壱の足下はひどく汚れていた。妙なのは、爪先にこびりついている泥が、まだ濡れて黒々としていることだ。――まるで、たった今ぬかるみを踏んできたように。ぬかるみなんて、どこにもないのに。

しばらくして、石を拝んでいた母親はようやく立ち上がり、来た時と同じ重い足取りで帰っていった。

それを見送って、お壱はため息のような声を出した。

「……昨日の子だけど、ここからずっと南の川辺にいたよ」

うっかり川にはまって、ずいぶん遠くまで流されちまったんだ。杭《くい》にひっかかっていたけれど、あたりには葦《あし》が生《お》い茂って誰にも見つけてもらえなかったんだよと言った。

「ここの神主に伝えて、居場所を親に知らせてもらった。これでやっとあの子は、家に帰ることができる。供養もしてもらえる」

でもねえと、お壱はふっくらした顔を悲しげにしたままだ。

「どっちがいいんだろうね。子供が生きていると信じて探しつづけるのと、死んだとわかって踏ん切りをつけるしかないのと。どちらも親にとっては残酷なことさね」

それでもあのままでいたら、あの子は、信太は親の諦めきれぬ想いに引きずられて、いつまでも成仏することはできなかっただろう。だから……せめて、それだけは。よかったなんて、口にはできないけれども。

昨日やって来た信太の両親の姿、さっき石に手を合わせていた母親の姿が、るいの頭から離れなかった。おちせの親探しをはじめてからというもの、重くて辛くて悲しい現実を目の当たりにして、それがるいの胸の中にもずっしり居座って、ため息ばかりついている気がした。

そうして思う。傍らのお壱を見て、思った。

(この人も、そうだったんだ)

お壱は、るいなどよりもずっとずっと長い間、ここで親たちの嘆きと涙を見てきたのだ。一縷の望みで母子石に縋る者たちの姿に、早く子が見つかればいいと願うことしかできなくて。居場所を告げることができるのは、信太のように不幸にもすでにこの世にいない子らだけで。我が子を探してこの社を訪れる者たちの、悲しさ辛さを下ろすことのできない荷のように、一緒に抱え込んでしまったに違いない。

親たちが手を合わせて拝む石。いつしか母子石と呼ばれるようになった石。

――たかが石に、そんなたいそうな力なんてあるもんかね。

母子石は我が子を守ってくれる、きっといつか自分たちと巡りあわせてくれる……そう信じるしかない親たちの、その想いが叶うわけではないことを、お壱は誰よりもよく知っているのだ。

「お壱さん。あたし、母子石はやっぱり特別な石なんだと思います」

「なんだい、藪《やぶ》から棒に」

るいの唐突ながらきっぱりした言葉に、お壱は目を瞠った。

「あたし、まだ嫁いでもいないし、だから子供を失った親の気持ちがわかるかって言われたら、到底わかるわけないです。でも、もしかしたらって思うんです。あの石がいなくなった自分の子を守ってくれると信じられたら、迷子の親たちはほんの少しだけでも慰められるんじゃないかって。――だけど信じるっていうのは、それが本当かどうかってこととは、違うと思うんです」

るいは一生懸命に言葉を探した。たかが石なんかじゃない。神や仏に祈るように、親たちは母子石に手を合わせる。信じたいだけかもしれないと、お壱は言った。そうなのだろう。でも。

信じることで、ほんのわずかな希望と引き替えに皆、抱え込んだ苦しみのひとかけらだけでも石に預けてゆくことができるのではないか。

「あたしなんかが生意気に言うことじゃないかもしれないけど……だけど、そういうふうに助けられている人だっているんじゃないかって思います。だから、特別な石なんです」

「ただの石でも、ああしてあそこにあることで役に立つってのかい？」

怪訝そうに言われて、るいはうなずいた。

「でもきっと、母子石にしてみれば辛いですよね。子供を見つけてあげられなくてすまない、すまないって、思っているはずだもの」

お壱は呆れたように、下がっている目尻をいっそう下げた。

「あんた、それじゃまるで石が生きてて口をきくみたいじゃないか」

「あ、そうですね」

おかしな娘だと、お壱は笑った。その柔らかな笑顔になんとなくホッとして、るいは真摯《しんし》につづけた。

「あたしに教えてくれた人がいるんですけど、長い年月を経ると、物には魂が宿ることがあるんだそうです。道具だって大切にされたら付喪神《つくもがみ》になるって話があるでしょう？でもそれって、本当のことです。あたし、知ってます。古い家が、住んでいる人が亡くなってもずっとその人のことを想いつづけていたり、小さな炭が守り神と呼ばれて拝まれていたら、本当にみんなを守ってくれたり」

るいが子供の頃に住んでいた長屋の祠《ほこら》にいた、炭でできた招き猫。お炭様のことを思い出すと、るいは今でもほっこりと胸の中が温かくなる。八丁堀《はっちょうぼり》の菅野《すがの》様の御屋敷には、今も亡き久《ひさ》様の影があらわれるに違いない。

他にも幾つも、命を与えられた物たちの不思議な話をこれまで見たり聞いたりしてきたから、嘘やお為《ため》ごかしでなく言えることがある。

「母子石も、きっと同じだと思う。たとえ最初はただの石でも、皆が信じるから、石にも命が吹き込まれて力が宿るものなんじゃないかなって」

そんなものかねと、お壱は呟いた。

「それに、おちせちゃんのお父っつぁんやおっ母さんがここの噂を聞いてやって来て、おちせちゃんと会うことができたら、それはやっぱり母子石のおかげということになりませんか」

「その子の親が本当に来るかどうかも、まだわからないのにかい」

「来なかったら困りますよ」

そりゃそうだと、お壱は今度は声をたてて笑った。そうしてふと、どこか遠いところを見るような目をした。

「……ああ、思い出したよ。ずっと前に、あんたみたいなことを言っていた者がいたっけ。母子石は迷子の守り神だと信じる人間がいれば、ほっぽっといてもあの石はいつかちゃんと立派な守り神になるんだってさ。あんたに言われるまで、すっかり忘れちまってたけど」

あれは誰だったかと、お壱は首を捻る。

「ここの神主じゃあ、なかったね。縁のある人間だったとは思うけどねえ」

半ば独り言のように言ってから、お壱は湯呑みを持って立ち上がった。

そういえば話し込んでしまったと、るいも慌てて腰をあげる。今日はまだこれから、おちせの親の情報を求めて迷子の尋ね書きをあちこち見て廻ってみるつもりだった。

「ねえ、あんた。——そのおちせという子を、一度ここに連れて来ることはできないかい？」

挨拶《あいさつ》をして別れようとしたところで、お壱は急に思いついたように言った。踵を返そうとしていたるいは、彼女を振り返って首をかしげた。

「え、おちせちゃんをこのお社にですか？」

「ちょっと思いついたことがあってね。もしかしたらあたしでも、役に立てることはあるかもしれない。……まあ、今までやってみたことなんてなかったから、できなかったら勘弁しとくれよ」

些《いささ》かあやふやではあるが、お壱は小太りの身体を揺すって幾度もうなずいた。

「これまでも、死んだ子らを何人も親もとに返してやったんだ。昨日の信太もそうだったけど、ああして手を繋ぐとね、わかるんだよ。その子が生前に見ていたものがさ。こう、ぼんやりとだけどね」

暮らしていた家の中。遊んでいた路地。身近な人たちの顔や姿。――そういう、その子にとって馴染みのある光景が、うっすらと伝わってくるのだという。頑是《がんぜ》無い子供の霊の中には、親から離れたとたんに自分の家がどこなのか正しく示すことのできない者もいて、それでもお壱が子供を親に返してやれるのはその記憶のおかげらしかった。

「相手が幽霊だからだと思っていた。ところが昨日、あたしがあんたの手を握った時にさ、そのおちせって子の顔がちらっと見えたんだよ」

え、とるいは驚いた。他のことは見えなかったけどねと、お壱はことわってから、

「もしかしたらって思うんだよ。幽霊じゃなくてもあたしにそういうものが見えるのだとしたらさ。おちせの親のことだって、何かわかるかもしれないじゃないか」

すぐにおちせちゃんを連れてきますと叫んで、るいは神社を飛び出した。

「おちせちゃん、おちせちゃん！」

息を切らせて店に駆け込んできたるいを見て、座敷で本を読んでいた冬吾が「何事だ」と顔をしかめた。傍らでおちせが真新しい犬張り子で遊んでいる。昨日、店番を替わったナツが外に出たついでに買ってきたものだ。そのナツの姿がないところを見ると、今日も冬吾が子守を押しつけられたものらしい。

「あ、はい。今からおちせちゃんを、辰巳神社に連れて行こうと思って」

「辰巳神社に？」

呆気《あっけ》にとられたように繰り返してから、冬吾は眼鏡の玉の奥ですっと目を細めた。

「何のためにだ」

むすっとした声で問われ、「それはお壱さんが」と言いかけて、るいは首をかしげた。

「えっと、冬吾様はお壱さんを知っていますか？」

「……お壱？」

一寸の間をおいて、会ったことはあるといかにも渋々と返事があった。

よかったそれなら話は早いと、るいは土間で履物を脱ぎ捨てて座敷にあがる。お壱とのやりとりを語ってから、

「おちせちゃんは自分ではまだどこに住んでいたか言えませんけど、目で見て覚えていることはあるはずです」

お壱がもしその記憶を見ることができるのなら、きっと手がかりになると、勇んで言った。

冬吾は手にしていた本を横に置くと、胸の中から息が全部なくなりそうな長いため息をついた。

「子供を連れて今から行って帰ってくるとなると、途中で日が暮れるかもしれん。念のためにうちの提灯《ちょうちん》を持っていけ。とりあえず、厄除《やくよ》けにはなる」

「でもおちせちゃんはあたしがおぶっていくし、何かあってもお父っつぁんがいるから

「──」

「いざという時に、そばに必ず作蔵が出てこられるような壁があるとはかぎらないだろう」

強い口調で言われて、るいは素直に「はい」とうなずいた。

きょとんとしているおちせを背負い、寒くないようにその上から綿入れを羽織って、るいは張り切って店を出た。よいしょとおちせを揺すり上げて歩きながら、

(でもどうして冬吾様は、あんなに不機嫌そうだったのかしら)

と、小さく首をかしげた。

五

「おやおや。本当に今日のうちに連れてくるとはね」

おちせをおぶってあらわれたるいを見て、お壱は呆れたように言ったが、すぐにふっくらした頬にえくぼを浮かべて笑顔になると二人を社の裏手に連れていった。

「ここなら、人目につかないからね」

るいの背中から下ろされて、おちせは不思議そうにまわりを見ている。不安なのか、るいの着物の袖をしっかりと摑んでいた。

「いい子だねえ。おばさんに、ちょっと手を見せておくれでないかい」

お壱は子供の前にしゃがんで、優しく笑いかけた。おちせはもじもじとるいを見上げる。るいが身を屈めて「お姉ちゃんが一緒にいるから大丈夫」とうなずいてやると、ようやくその袖を離した。

お壱は、おちせの右手をそうっと両手で包み込むように取った。そのままじっと目を閉じている。しばらくするとおちせは嫌がって手を引っ込めようとしたが、お壱は気づかぬようだった。そのうちついに子供がべそをかきはじめたので、それではっとしたように目を開けた。

「ああ、ごめんよ。怖がらせたかね」

ようやくおちせの手を離し、ごめんよとまた繰り返す。

「あの、何かわかりましたか？」

落ち着かない気持ちで二人を見守っていたるいは、泣いているおちせを抱き上げてよしよしと背中を撫でてやりながら、訊いた。

「やっぱり今までと勝手が違うね」

「それじゃ……」

見えることは見えるんだと、お壱は言う。

「生きていると、頭の中もせわしないんだねえ。これくらい幼い子だと、なおさらなんだろう。目に入るものも耳に聞こえるものも、いろんなものが新しくて珍しくて頭の中で独楽《こま》みたいにくるくる回ってるようなもんだ」

こっちまで目が回っちまうとお壱はくつくつと笑った。そうして一寸、間をあけて、

「死んでしまった子供の記憶は、そんなふうには動かない。止まっちまって、絵みたいだ」

切ない言葉に、るいはおちせの温かな身体を抱く腕に思わずきゅっと力をこめた。

「手がかりになりそうなことはありましたか」

「両親の顔は何度も見えた。住んでいたのは、どこかの長屋のようだ。……まあ、長屋なんて、どこも似たようなものだけどさ。あれは毎朝父親が仕事にでかける時の光景なんだろうね。この子は戸口のところに立っていて……横に母親がいて、父親は木戸のあたりで振り返ってこの子に手を振るんだ」

日常のありふれた、だがおちせにとって幸せな記憶なのだろう。子供の目を通してでは、父親が職人なのか商売人なのか、着ているものがぼんやりしていてよくわからないとお壱は言った。

「犬に吠えられた記憶もある。よほど怖かったのだろうね、この子の頭の中じゃその犬が小山みたいに大きくて、化け物みたいな姿をしていて」

子供の目にはそんなふうに映ったんだろうとお壱は小さく笑ってから、真顔になった。

「それから、青い幟《のぼり》のようなものが見えた。ずらりと竿《さお》にかかって風に揺れているんだ。何だろうね」

「幟、ですか」

住んでいる場所の近くに、そんな風景があるのだろうか。おちせの記憶では、長屋のすぐそばに細い川か堀があるということもわかった。

「あたしにどうにか見えたのは、それくらいだ。もう少し時間をかければまだわかることはあるかもしれないけれど、今日はもう無理だろう。怯《おび》えさせちまったみたいだし」

ひとつ息をついて、お壱はるいの顔をのぞき込んだ。

「この子は、拐かされたのかい？」

るいはあっと思った。お壱には、詳しいことは話していない。おちせを預かっているとしか言っていなかったのだ。

るいの表情を見て、やっぱりねとお壱はうなずく。

「人の大勢いる場所から連れ去られたんだね。気がつくと、男に手を引かれて歩いていたようだ」

「はい。多分そのあと、別の男に引き渡されるところを、うちのお父っつぁんがたまたま見つけておちせちゃんを助けたんです」

「そりゃ頼もしいお父っつぁんだ。この子は運がよかったよ」

他人様の子供を連れ去るなんてと、その一瞬、お壱の声に怒りがこもった。そいつらに、ここにやってくる親たちの姿を見せてやりたいと。るいも口を結んでうなずく。

「ところでねえ」

束の間黙り込んでから、お壱は首を捻った。

「なにやらおかしなものも見えたんだが」

「おかしなもの？」

「何だろうね、壁から人間の男の顔やら手やらが出て動いているんだ。どうもこの数日のこの子の記憶らしいんだけど。あんた、どういうことかわかるかい？」

うわあ、とるいは思った。もちろんそれが何かはよくわかっているけれど、それはうちのお父っつぁんですなんて、ここで言って良いのか悪いのか、お壱さんならかまわないかもしれないが、会わせるにしたって周囲にはぬりかべが出てくるような立派な壁もないし……と迷ったあげくに、るいは冷や汗をかきながら肩をすぼめた。

「さ、さあ？　何でしょうね、それ」


お壱に礼を言って神社を出る頃には、冬の陽はもうだいぶ低くなっていた。

「帰ろうね、おちせちゃん」

頑是無い子供は、るいの背中で「お母ちゃんは？」と言う。

「えっと、お母ちゃんは今はちょっと用事があっておちせちゃんを迎えに来られないから、お姉ちゃんと一緒にいようね」

健気《けなげ》にうんとうなずいてから、おちせは急にぐずりはじめた。

「どうしたの。……え、自分で歩くの？」

そのようで、地面におろすとおちせはたちまち機嫌がなおった。

(あらら、これじゃ店に戻るのにずいぶんかかっちまうわ)

でも仕方がない。冬吾様の言うとおり提灯を持ってきてよかったと思っていたら、今度はるいが畳んで持っていたその提灯の柄に、おちせがしきりに手を伸ばそうとする。

「え、これを持ちたいの？」

とりあえず持たせてみると、おちせは得意気に両手で柄を握って、とことこと歩きだした。火は入ってないけど転んだらどうしようと、並んで歩きながらるいはハラハラする。

(子供って、よくわからないわねぇ)

と、そんなふうにおちせにばかり気を取られていたので、その時すれ違った人物が急に足をとめてこちらを振り返ったことに、るいは気づいていなかった。

「うちの神社に何かご用ですか」

声をかけられ、初めてるいは相手に目を向けた。三十半ばとおぼしき男で、その格好から神職とわかる。うちの神社と言うからには、辰巳神社の神主か。

るいは何気なく頭を下げてから、

(あ、しまった)

神主とは係わるなと冬吾に言われていたことを、思い出した。

「あ、いえ、あの……」

もう帰るところですのでと慌てて言って、おちせを促して立ち去ろうとした。しかし、

「もしや、九十九字屋の店主をご存知では」

問いかけに、思わず足が止まった。

(え、どうしてそれを!?)

思ったとたんに、相手がおちせの持っている提灯を見つめていることに気づいた。九十九字屋、と墨で店の名が入っているのだから、一目でわかることだ。むしろ、すれ違いざまこの提灯を目にとめて、声をかけてきたのだろう。

(これじゃ、誤魔化せないわよね)

仕方なくるいは、はいとうなずいた。

「あたしは九十九字屋で奉公をしておりますので」

「ほう、あの店で」

神主は今度はるいを見て、目を細めた。色白で鼻筋の通った、端正な顔立ちだ。丁寧な物言いで、その声も物腰も柔らかだが、目の奥には底光りするような強い光があって、

るいはどうにも落ち着かなかった。

「店主は息災ですか」

「は、はい」

「それは何より」神主はるいのしゃっちょこばった様を面白げに眺めて、

「不躾《ぶしつけ》ながら、店主は私のことで何か言っていましたか？」

「え」

「困った顔をしておられる。あの男のことだ、たとえばろくでもない人間だとでも」

「そ、そんなことは」

言っていたけど、まさかうなずくわけにはいかない。

「何も、ひとつも、ぜんっぜん言ってません！」

しまったどうしようとは思ったけれど、そんなにあからさまに顔に出ていたかしらと、るいは自分の頰を両手でおさえた。

「そうですか」

神主は声なく笑った。

「しかし、あの男が奉公人をここによこすとは解《げ》せない。よろしければ、この神社にいらしたご用向きをお尋ねしても？」

どうやら、九十九字屋からの使いと勘違いされたようだ。

「いえ、あたしは冬吾様の言いつけで来たわけでは……。実はこの子の親を探している
んです」るいは、傍らのおちせにちらりと目をやった。「冬吾様から、こちらに迷子探
しにご利益のある母子石があると聞きました。それで、もしやこの子の親の尋ね書きが
見つかるんじゃないかと思って、うかがったんです」

「ああなるほど、そちらの用件でしたか」

ようやく合点がいったように、神主はうなずいた。

「それで、お役には立ちましたか」

「はい。お壱さんにいろいろと助けていただきました」

「お壱に？」

神主はおやという顔をした。

「お壱と話をされたのですか」

怪訝そうな声に、るいは胸の内で首をかしげた。

(言わないほうがよかったかしら。でも、お壱さんとはいつも神社の境内で会っている

のだから、この人にいつまでも内緒にしておけるはずもないし）

神主はつくづくとるいを見つめてから、九十九字屋に奉公とはそういうことかと独りごちた。が、すぐに何事もないように微笑して、

「お力になれたのなら、よかった。良い知らせならばなおのことです。――ご存じのように、うちの神社に行方の知れぬ我が子を尋ねて祈願しに来る親は多い。しかし、これまでわかったのは死んだ子の消息ばかりです。お壱からも聞いていると思いますが」

「はい」

「消息が知れたものを、そのままにしておくわけにはいかない。さりとてお壱を親もとにやるわけにもいかないので私が直《じか》に出向くのですが、正直なところありがたい役割ではありません。今日も一人、親に酷《むご》い知らせを届けに行って戻ってきたところです」

信太のことだ。そういえば、神主に伝えて居場所を親に知らせてもらったと、お壱は言っていた。

「子が死んだと聞かされて嘆かぬ親がいようはずもない。それを目の当たりにするのは辛いものです。――ですから、その子が無事に親と巡りあえるのなら、喜ばしい。母子石のご利益でそうなるよう、私も願っていますよ」

その時、提灯を持ったまま横で大人しくしていたおちせが、地面にしゃがみこんだ。

「どうしたの？」

るいが顔をのぞきこむと、おちせはいやいやをするように首を振ってから、「おんぶ」とせがんだ。どうやら待ちくたびれてしまったらしい。

神主はやんわりと笑った。

「お引き留めして申し訳なかった。暗くなる前に、気をつけてお帰りなさい」

おちせをおぶって「それでは失礼します」と挨拶をしてから、るいは小さく首をかしげた。

（冬吾様が言うほど、ろくでもない人には見えないけど）

最初はどういうわけか少し怖い気がしたが、話をするうちにその印象も薄れた。むしろ親切そうだし、人柄も温厚に見える。

足を止めたままのるいに、神主は「何か」と訊ねた。迷ってから、るいは思い切って口を開いた。

「あの、冬吾様とは親しいのですか？」

神主の表情から笑みが消えたので、るいは慌てて詫びた。

「ごめんなさい。立ち入ったことをお訊きしたのだったら、あたし――」

「かまいませんよ」

神主はすぐにまた、やんわりと笑った。

「あの男とは、お互いに子供の頃から見知っています」一度言葉を切って、ただし、とつづける。

「私もあの男も、互いに相手に会いたいとは、けして思っていません」


「お、重い……」

背中からおちせの寝息が聞こえる。子供ってどうして寝ると急に重くなるのかしらと思いながら、るいはぐんにゃりした小さな身体をよいしょと背負いなおした。

猿江町まで二往復、おまけに二回目はずっとおちせをおんぶしたままであるから、さすがに帰り道はるいもへとへとになっていた。

師走というだけあって、道を行き交う人々の足取りも心なしかせわしない。江戸っ子たちのせっかちに、いっそう拍車がかかったようだ。思えば三日後はもう大晦日《おおみそか》。るいが九十九字屋に奉公して、初めての年越しである。

（お正月までには、おちせちゃんを親もとに返してあげたいわよねえ）

周囲から通行人の姿が消えたのは、町屋が途切れて両脇に屋敷の壁がつづく武家地に入った時だった。

おい、と傍らから作蔵の声がした。

「あらお父っつぁん」

るいは歩きながら壁に身を寄せた。

「なんでぇ、さっきの野郎は。ああ、おっかねえ」

「おっかないって、あの神主さんのこと？」

優しそうな人だったじゃないと言うと、作蔵のしかめっ面が壁の表面に浮き上がった。

「俺にゃ抜き身の刀でも引っ提げてるように見えたぜ。くわばら、くわばら」

「何よ、それ」

「あん時は近くに壁がねえから、俺ぁ少し離れて見てたんだけどよ」

だから顔までは見ていないが、あの神主にはぞっとするような凄みを感じたと作蔵は言った。

何のことよと言い返そうとして、るいはふと、神主の目の中にあった底光りするような強い色を思い出す。最初に少し怖いと思ったのは、あれを見たせいだった。

「店主の言うとおり、あいつとはあまり係わらないほうがいいだろうよ」

物売りの声と足音が近づいてきたので、作蔵はすいと顔を引っ込めた。

いつの間にか足を止めてしまっていたことに気がついて、るいは「うーん？」と何度も首を捻りながら、夕暮れの気配の忍び寄る道を足を速めて歩きだした。

六

「青い幟だと？」

店に帰ると、るいは寝ているおちせをナツに預け、二階にいた冬吾を呼んで手がかりについて報告した。

「両親とともに長屋住まいで、近所に吠える犬がいて、幟のようなものが竿にかかっており、なおかつ細い川だか堀だかがあると……。おい、日に二度も猿江町くんだりまで足を運んで、わかったことはそれだけか？」

火鉢で手を炙りながら聞いていた冬吾は、呆れたように言った。それだけでもすごいじゃないですかと、るいはぷくっと頬をふくらませる。

「おちせちゃんの記憶ですよ。お壱さんだから見えたことですよ」

「犬は目印にならん」

「それはそうですけど」

「川や堀なら、江戸市中には無数にあるぞ」

「それもそうですけど」

「だいたい青い幟とは――」

渋い顔で言い差して、ふと冬吾は黙り込んだ。指の背を口元にあて、思案顔になった。

「……幟のようなというからには、細長い布か」

ぶつぶつと呟きはじめたのでるいが小首をかしげていると、ちょっと、とナツが口をはさんだ。

「とりあえずこの子を筧屋に連れていって、何か食べさせておやりよ。きっとお腹がすいているんだよ」

見ればナツの膝の上で、おちせはくったりとしている。指をしゃぶりながら、ぐずりだす寸前の涙目だ。

「わ、ごめん、おちせちゃん！」

そりゃそうよね、途中で飴玉でも買ってあげればよかった、あたしったらなんて気が利かない——とおのれを叱りながら、るいはナツのもとにすっとんで、おちせを抱き上げた。

「ついでにあんたも、早いけど夕餉《ゆうげ》を食べといで。その子を寝かしつけて、話はそれからだ」

言われたとおりにおちせを筧屋に連れて行き、ひととおり世話をしてから、るいはもう一度九十九字屋に戻った。

時刻はそろそろ宵五つ（午後八時）になるかという頃だ。

「遅くなってすみません。おちせちゃんが、なかなか寝てくれなくて」

辰巳神社からの帰り道でおぶわれたまま眠っていたせいだろう、おちせは寝床に入るのをぐずぐずと嫌がった。見かねて筧屋の雇われ女将《おかみ》が「あたしが寝かしつけるから、用があるなら行っておいで」と言ってくれたので、ありがたく甘えることにしてるいはやっと出てきたのだ。

ところが、店の中に冬吾の姿がない。あれれと思っていると、ナツが熱い麦湯を入れた湯呑みを行灯《あんどん》のそばに置いて、るいを手招いた。

「あのう、冬吾様は？」

「源次親分のところに行ったよ」

「親分さんの？」

「どうやらあの子の親の居場所の見当がついたらしいのさ」

え、とるいは目を瞠る。

「どういうことですか、それ？」

「あんたの言ってた青い幟だけどね。——冬吾が言うには、それは多分藍染《あいぞ》めの布じゃないかって」

藍染めの布、とるいは繰り返す。

「あんたは見たことがないかい？　紺屋《こうや》は手拭いだの浴衣《ゆかた》にするために染めた布を、屋根の上の物干し場で竿にかけて乾かすんだ。それが風でいっせいにたなびけば、高く掲げた青い幟のようにも見えるだろう。あの子は、その光景をいつも見ていたんじゃないかね」

「あっ」

思わず、るいは声をあげた。ナツはうなずく。

「だとしたら、あの子の父親は染め物の職人か、少なくとも住んでいる場所の近くに紺屋があるということだ。しかもこの江戸にゃ、紺屋の職人が一つ所に集まって住んでいる町がある」

「神田紺屋町《かんだこんやちよう》ですね」

るいは膝に手を置いて、身を乗り出した。藍染めならば神田の紺屋町にかぎると、粋を求める江戸っ子たちが口をそろえるほど、有名な町だ。

「じゃあ、そのあたりで子供がいなくなった家がないかどうか聞いて廻れば――」

早くも立ち上がって飛び出していきそうになったるいを、ナツは笑いながら手で制した。

「冬吾の考えが当たっていれば、だ。あんた、今から行ったんじゃ木戸が閉まっちまうよ。こういうことは源次親分にまかせておきな」

手下を神田紺屋町へやって調べてくれるよう、冬吾は源次のもとに頼みに行ったとのことだった。

(おちせちゃんのお父っつぁんやおっ母さんが、見つかりますように。おちせちゃんが、

紺屋町の子でありますように）

どきどきする胸を手で押さえて、るいは祈るように――いや、祈った。

神田なら、そんなにものすごく遠いわけではない。でも大川の向こうだ。やはり、本所や深川ではなかったのだ。

まだそうと決まったわけではないから喜ぶのは早いけれど、もしもこれでおちせの親が見つかったら、

（お壱さんのおかげなんだから、お礼を言わなくちゃ）

きっとお壱は喜ぶことだろうと、るいはいっそう胸を高鳴らせた。


どんぴしゃりだった。

翌朝、店を開けてほどなく、源次がその報せを持ってやってきた。

冬吾の頼みを受けた岡っ引きは、どうやら昨夜のうちに手下を神田へと走らせたらしい。結果、界隈の一人二人に声をかけただけで、紺屋町の長屋に住む藍染め職人夫婦の一人娘が、この月の半ばくらいから行方知れずになっていることが判明した。

手下は一度そこで引き返し、今朝になって源次がじきじきに当の職人の家に出向いて

話を聞いたという。

「名前はおちせで間違いねえ。年が明ければ三つになる。なんでも、年の市に出かけて母親が一瞬買い物に気をとられている隙《すき》に、姿が見えなくなっちまったそうだ」

上がり口に腰を下ろし、源次は言う。るいが出した茶を飲みながら、座敷で遊んでいるおちせを目の隅でとらえていかつい顔を緩ませた。

「二親がすぐに迎えに来るってよ。二人ともこれまで飯もろくに喉を通らなかったって顔をしていたからな、気の毒に」

手数をかけたと冬吾が礼を述べると、岡っ引きは「なァに」と首を振った。

「あちらじゃ、長屋の連中と職人仲間が手分けして探し廻っていたそうだ。おかげで調べるまでもなかった。手間ってほどのもんじゃねえ」

おちせの両親が筧屋にやって来たのは、それから半刻もせぬうちだった。我が子と再会した親の喜びようを見ながら、ああよかったと心から思う一方で、るいは少し切なくなった。

信太のことや、母子石の前で泣いていた女の姿が頭をよぎる。今も人通りの多い場所を廻って尋ね書きを貼っている迷子の親たちのことを思う。行方知れずになった子らが皆、無事に親もとに帰ることができればいい。こんなふうに、親と子が会えればいい。でも現実には、それはきっととても難しいことなのだ。

おちせを抱きしめ、抱き上げた父親の手はうっすらと青い。染め物職人の手だ。ああ本当におちせちゃんは紺屋町の子だったんだわと、るいはあらためて何か胸に沁みるように思った。

別れ際、筧屋の店先でもおちせの親は感謝してもしきれないというように冬吾とるいに礼を言いつづけ、居合わせた源次と女将にも頭を下げた。冬吾が露骨に居心地が悪そうにしているから、ついには源次が苦笑して「そいつはもういいから、早く子供を連れて帰って、久しぶりに親子水入らずでゆっくりするがいいや」と口を出したほどだ。

こうしておちせは、親のもとに帰っていった。

ホッとすると同時に、九十九字屋に戻ったるいは、なんだか店の中がいやにがらんと広くなったように感じて小さく息をついた。

（そういえば）

この数日、外に出ていた時以外はいつもおちせの世話をしていた。ご飯を食べさせて、身体を拭いてやってから寝かせて、ぐずったら抱っこしてやって、とにかく片時も目が離せなかった。ナツや作蔵の手を借りてやっとできたことで、それでも時おり子供の面倒をみるのって大変だわと心の中でついぼやいたりした。

「あんたもこれでお役御免だね。ご苦労さん」

ぼんやりしていたるいは、階段を下りてきたナツに声をかけられて我に返った。

「いえ、ナツさんこそ。いろいろとありがとうございました」

「冬吾は一緒じゃないのかい」

店に戻ってきたのがるい一人だったので、ナツはおやと首をかしげる。

「冬吾様なら、少しその辺を散歩してくると言ってました。なんだか背中がむず痒《がゆ》くてたまらないんですって」

「ああ、なるほど」

他人から感謝されるってことに馴れていないんだよあの男は、とナツは喉を鳴らして笑う。

「あんたもずいぶんと気の抜けた顔をしているよ」

「はあ」

なんとなく背中がすうすうする。小さな身体の温《ぬく》もりがなくなって、両腕も妙に手持ち無沙汰な感じだ。

「子供って薄情ですよね。お父っつぁんとおっ母さんの顔を見たとたん、もうあたしになんか目もくれなくなっちゃって」

「あんた、寂しいんだろ」

「……まあ、少しばかり」

またひとつため息をついたるいを見て、ナツは微笑んだ。

「そんなものさ。それでいいんだ。あたしらのことは、もうこれきりあの子は思い出す必要はない。怖い目にあったことなんか、全部忘れちまえばいい」

「ええ」

そのとおりだと思うので、るいもうなずいた。玩具にしていた犬張り子だけは、おちせが気に入って離そうとしなかったのでそのまま持たせてやったが、誰にもらったものかさえ幼い子供はじきに忘れてしまうのだろう。それでいい。それがいい。

「あ、そうだ！」

るいは立ち上がった。

「すみません、また少しの間、店番を替わっていただいていいですか。昼過ぎには帰ってきますから」

「それはかまわないけど、どうしたんだい？」

「辰巳神社へ行ってきます。お壱さんにこのことを知らせないと！」

勢い込んで下駄をつっかけると、るいは店を飛び出した。


お壱は母子石の傍らに立っていた。

駆けてきたるいが息をきらせたまま、おちせが親もとに帰ったことを告げると、

「ああ、よかった。よかったよ」

思ったとおり、お壱はもともと下がっている目尻をいっそう下げ、ふっくらした頰に大きなえくぼを浮かべて喜んだ。

「あの子の記憶といってもカケラみたいなものだったし、なんとも心許ない話だったからねぇ。それで親を見つけたのだから、あんたはたいしたものだ」

あたしの手柄じゃありません、とるいは首を振った。青い幟の正体を言い当てたのは冬吾だし、実際に紺屋町でおちせの親を探しだしてくれたのは源次親分だ。でも何よりも、

「お壱さんのおかげです。お壱さんがいなかったら、きっとおちせちゃんの親はいつまでも見つからないままだったと思います」

るいが力をこめて言うと、お壱は「そうかねえ」と言いながら、それでも嬉しそうに笑った。

「おちせちゃんが住んでいる長屋の近くに、川がありました。藍染川《あいぞめがわ》っていって、職人さんたちがその川の水で布を晒《さら》すんですって」

「へえ、そうなのかい」

「犬もいましたよ。表長屋で商いをやっている住人が飼っている犬だそうです」

それもこれも、源次から聞いたことだ。青い布の光景、近所に川か堀があって、犬に吠えられたことがあって――というのを、冬吾はすべておちせが自分で思い出したこととして、岡っ引きに伝えたのだ。源次はそのひとつひとつを、ちゃんと確認していた。

だから、とるいは言った。傍らの石に目を向けて。

「これは母子石の御利益ですよ」

お壱は束の間るいを見つめてから、ぽつりと言った。

「薄々そうだろうと思っていたんだけどね。あんた、あたしのことがいつからわかっていたんだい？」

「最初に会った時に、ああ人間じゃないんだなって思いました。だって」

るいは自分の足下を指差した。今日もよく晴れて陽射しが明るい。地面にはるいの影がくっきりと落ちている。だが。

お壱の足下に、あるべき影はなかった。お天道様の下で影を持たぬものならば、それは人ではない。

「お壱さんは幽霊じゃないし、だからあやかしなんだろうなって。それで、話をしているうちに、だんだんとわかったんです。――そっかお壱さんなんだ、お壱さんがこの母子石なんだって」

もともと力のある石だったのだろう。それが拝まれるうちに霊力を持ち、お壱という女の姿をとるようになった。

「誰にでもあたしが見えるわけじゃない。ここに来る親たちはまず大抵、あたしの姿が見えちゃいないよ。……まあ、そのほうがいいのだろうけどさ」

たとえばるいのように死者の霊が見える者には見えるのだと、お壱は言う。

「おちせちゃんには見えてたみたいだけど……」

「ああ、子供はね。あれくらい幼いと、人とそうでないモノの区別なぞついちゃいないから。逆に何でも見えるんだろう」

お壱は自分の足に目を落とした。彼女の足は、今日も汚れている。爪先から踝まで、濡れた泥がこびりついているからだ。

「これも、奇妙に思っていただろうね。拭っても拭っても泥がつくんだ。あたしの足はいつもぬかるみを踏んでいるようなものだからさ」

迷子の親たちの涙のせいだよ。お壱は言った。いなくなった我が子を想い、眠りについては泣き目覚めては泣き、母子石に願を掛けてはまた涙を流す。親たちの悲しみと涸《か》れることのないその涙が地面に滴《したた》って、お壱の足下を濡らすのだと。

（そうか）

るいは思った。この人は、母子石はやっぱり迷子の守り神なのだ。そんなふうに、親たちの悲しみを一身に背負っているのだから。

「いなくなった子供らがみんな無事に見つかって、親たちの涙が乾くまで、あたしの足は汚れたままだ」

願うしかないのさ。呟いて、お壱は空を仰ぐ。

「お社の神様もどうせなら千里眼でも授けてくれればよかったものを。こんなに中途半端じゃ、気が利かないったらないねぇ」

恨み言めかして言ってみせて、お壱はるいに視線を戻した。

「でも、いるだけでも役に立っているって、あんたが言ってくれたからさ。それならそれでまあいいかって、おかげで少しは気が楽になった」

だから礼を言うよと、ふっくらと笑った。


「——あんたを見ていると、やっぱり懐かしい気がするねぇ。ひょっとして、あんたの知っている人間が、あたしの知っている人間なのかもしれないよ」

帰り際にお壱にそう言われ、るいは首をかしげた。

「えっと、あたしと匂いみたいなものが似てるって人ですか？」

お壱はうなずいて、つけ加えた。

「あたしにいつかちゃんとした守り神になると言ったのも、その子だった」

え、とるいは目を瞠る。

「子供？」

「ああ、その頃はまだね。ずっと前の話だから、今じゃ立派な大人になっているはずさ」

るいはちょっと考え込んだ。

「……その人の名前、わかりますか」

「あいにくと名前は覚えちゃいない。でも、他にも思い出したことはあるよ」お壱は遠い光景を見るように、目を細めた。「よくここへ遊びに来ていたね。まだむつきも取れないような頃から、おっ母さんの腕に抱かれてさ。それで、あたしを見ていち、いちって言ったんだ」

石の本体ではなく、傍らに立っていた彼女を小さな手で指差して、その子は「いち」と繰り返したという。

「それは――」

るいが言わんとしたことに、お壱は先にうなずいた。

「あたしの姿が見えていて、本人は一生懸命に石、と言っていたんだろうね。でもまだろくに舌が回らなくて、ちゃんと言えなかったのさ」

お壱はくすぐったいような顔で笑った。

「なんだか可愛らしくてね。その子が舌足らずにいち、とあたしを呼んだのが嬉しくてねえ。その時からあたしの名はいち——お壱になったんだよ。それまでは、あたしには名前なんてなかった」

「そうだったんですか」

その子は、いやその人物は自分が彼女の名付けをしたということを知っているかしらと、るいもまた微笑ましい気持ちで思った。

「いつ頃からか、ぱったりと姿を見せなくなっちまってね。だから」

もしあんたに心当たりがあるのなら、相手によろしく伝えとくれとお壱は言った。

たまには顔を見せると約束して、るいは辰巳神社を出た。帰る道すがら、「その子」のことをぐるぐると考えつづけた。

心当たりなんて、一人しかいない。

(冬吾様は、子供の頃は猿江町にいたんだわ)

舌足らずの幼子の時の姿など想像できないけれど、間違いない。じゃあ、冬吾はどうしてあの神社に行かなくなったのだろう。どんな経緯で北六間堀町にある九十九字屋の主《あるじ》になったのだろう。
考えてみれば自分は冬吾のことを何も知らないのだと、るいは気づいた。
辰巳神社の神主は、冬吾とはお互い子供の頃から見知っていると言っていた。
（つまり、幼なじみってこと？）
――私もあの男も、互いに相手に会いたいとは、けして思っていません。
手ひどいケンカでもして、それきり疎遠になったということだろうか。
（まあ、冬吾様もあの性格だしね）
この時のるいには、それくらいしか見当がつかなかった。

七

その日は、大晦日だった。
九十九字屋も昼過ぎには店仕舞いをし――どうせ開けていようが閉めていようが客が来ないことにかわりはないのだが――冬吾はそのまま、二階の部屋にぬくぬくと籠もって下りてくる様子もない。一方で筧屋のほうが掛け取りの対応やら年明けの支度やらでそれなりに慌ただしいので、るいは店の表戸を閉めるとそちらの手伝いに行った。

そういうわけで店の中がひとけなく静かになると、それまで座敷の火鉢の横で丸まって寝ていた三毛猫が、ふいと目を開けて立ち上がった。うんっと身体を伸ばしてから、足音もたてずに土間に飛び下りる。向かったのは裏庭だ。

「なんだかしょぼくれてるねえ」

人の姿になって話しかけたのは、蔵の壁だ。

すぐさま壁の表面が波打って、ナツの目の前に作蔵のしかめっ面があらわれた。

「なんでぇ、そりゃ俺のことかよ。しょぼくれてるたぁ、どういう意味だ」

「いつもの威勢がないってことさ。おちせが親もとに帰ってからだ。ひょっとしてあんた、あの子に情が移ってたんだろ」

ニヤリとナツが笑うと、作蔵はふんっと鼻を鳴らした。まあ、その通りだったのだろう。

「ガキもあのくらいの歳なら、まだ可愛げがあらぁ。どうせ娘なんてもんはよ、あっという間にませた口をきくようになって、そのうち口を開きゃあガミガミと父親に小言ばかり言うようになりやがるんだ。ふん」

「おやおや」

ナツは笑いを噛み殺すような顔をした。

「そういえば、先日の件じゃあんたに悪いことをしたね」

「なんのこった」

「紅だよ。あたしが勝手なことをしちまってさ。あんたの気持ちを、ちっとも考えていなかった」

寸の間黙り込んで、作蔵はぼそぼそと声を低くした。

「おめえに謝ってもらうこっちゃねえ。こっちこそ礼を言わなきゃならねえってのに、悪態をついちまった。すまなかったな」

作蔵はきまり悪そうに、顔を半分ほど壁の中に沈み込ませた。

「るいのことじゃ、いつもおめえにいろいろ気配りしてもらって、ありがてえって思ってんだ。……けどよ」

自分は娘に紅のひとつも買ってやれない。なにせ妖怪の身だ。それどころかこの先も、年頃の娘が欲しがるような品など何ひとつ買ってやることができないのだ。そう思ったら無性に情けなくなったと、作蔵は言う。

「るいが紅をつけて嬉しそうにしているのを見たら、俺ぁ自分に腹が立っちまってよ。ざまぁねえや」

わかっているよとナツはうなずく。そうしてすました顔で、

「買ってやればいいじゃないか」

「馬鹿言うねい。第一、おあしがねえってんだ」

「あるよ」

へっと間の抜けた声を出した作蔵の前に、ナツは帯にはさんでいた巾着から小粒銀を取りだして見せた。

「冬吾から預かってたんだ。あんたに渡してくれとさ」

「なんでぇ、そりゃ。俺はこの店で奉公しているわけじゃねえぞ。あいつから金を貰ういわれはねえ」

「だからだよ。奉公人でもないのに、蔵の番をしてもらってんだ。せめてもの心付けのつもりなんだろ」

ほら、とナツは小粒銀を作蔵に差し出した。

「受け取っときなよ。あんたが自分で稼いだ金だ。これであの娘に、綺麗な小物でも買

ってやればいい」

「むう」

作蔵は口をへの字に結んだ。そういうことならと、一度は小粒銀に手を伸ばしかけたが、すぐにまた引っ込めた。

「なんだい。まだ意地を張っているのかねえ」

ナツが形の良い眉をひそめると、作蔵は「そうじゃねえ」と困った顔をした。

「ありがてぇんだが、その、なんだ。……そいつを受け取って、俺ぁ一体どうすりゃいいんだ？」

ああなるほどと、ナツは小さく噴きだした。

「あんたが自分で買いに行くってわけにはいかないか。店の者が卒倒しちまうだろうからね。――だったら、あたしが代わりに行ってこよう。あの娘にはちゃんと、あんたのためにお父っつぁんが買ってくれたんだって伝える。それでいいだろ」

「す、すまねえ。そうしてもらえりゃ、助かる」

「それで、何を買ってやりゃいいんだい？　簪《かんざし》？　袋物か、そうだ、流行《はやり》の色柄の半襟なんかはどうだろう」

問われて、作蔵はうっと詰まった。妖怪云々《うんぬん》以前の問題、もともと無骨な質《たち》でそういった品にはとんと疎《うと》い……というのは見ただけでわかるので、ナツはくっくと喉を鳴らした。

「じゃ、あたしの見立てでいいね？」

「た、頼んだぜ」

でもさと、ナツは柔らかな声で言った。

「あの娘はきっと、何だって喜ぶだろうね。お父っつぁんが買ってくれる物ならさ」

壁でなければおそらく真っ赤になっているであろう作蔵を面白げに見やってから、ナツは店のほうに目をやった。るいの声が聞こえる。筧屋から言付かってきたのか、年越し蕎麦がどうたらと、まだ二階にいるらしい冬吾に対して声を張り上げていた。

大晦日の陽はもう傾いている。

「悪くない一年だったよ。来年もそうならいいね」

ナツは言い、作蔵もそうだなと言った。

「お互い、良い年を迎えようぜ」

日が暮れれば、この年も終わる。そうして、新たな一年がやってくる。

第二話

不思議語り

一

年が明け、気づけば睦月《むつき》も、はや下旬。早春に咲き始めた梅の花も、そろそろ見頃になろうという頃だ。

夕刻、店を閉めて路地を出たるいは、六間堀を渡る橋へと向かう途中でふと立ち止まった。

風はまだ肌に冷たいが、その中に柔らかな花の香が混じり込んでいる。

(近くに梅の木があるのかしら)

梅が咲けばこの寒さもあと少しだ。なんとなく心が浮き立つのを感じて、るいが暮れゆく空をほうっと見上げた時。

「もし。……もし」

か細い声が、すぐ背後から聞こえた。

振り向くと目の前に、若い娘が立っている。

(わぁ、ビックリした)

たった今まで、周囲に人影はなかったのだ。まだ空に光が残るこの時刻に、通りにひとけが絶えるというのもおかしなことだが、見回しても堀の対岸で一人二人がこちらに目もくれずに歩き去ってゆくのが見えるくらいである。

痩せて、ずいぶん粗末ななりをした娘だった。年の頃は、今年で十六になったるいとさほど変わらない。とはいえ、じっと俯《うつむ》いているので顔立ちや表情はよくわからなかった。この夕暮れ時にも、着物からのぞく肌がいやに白々としている。

「もし」

「はい」

「お願い……お願いです」

あら困ったと、るいは思った。

(この人、幽霊だわ)

一目見れば生きた人間でないことはわかる。

「お願いです……助けてください……」

「ええと、どうしたの？」

「どうか助けて……八枝様《やつえ》……八枝様をあそこから出してあげてください……お願いします」

（八枝様？）

誰だろう。聞いたことのない名前だ。そもそもこの娘からして、初めて見る相手なのだ。なんだってあたしに声をかけてきたんだろ、とるいは不思議に思う。

「あんまりお気の毒です。……どうか八枝様を……あそこから……出して……」

空の色が沈んで、あたりに夕闇が忍び寄っていた。逢魔刻《おうまがとき》にあらわれた娘の霊は、俯いたまま陰にこもる声で助けてほしいと繰り返す。

「悪いけど人違いじゃない？　あたし、あなたのことは知らないもの」

そう言ってみたら、娘は腕だけをすうっと上げ、るいが今しがた出てきた路地を指差した。

（え、もしかしてこの人、九十九字屋に用があるのかしら）

なのに路地から先に入れずに、それで店から出てきたるいに……ということか。

でも、確かに生きている人間はあやかしと係わりがなければ店にやって来ることはできないけれど、幽霊なら平気じゃないかしら、だってあやかしそのものなんだしと思いながら、るいは何の気なく路地に目を向けた。

娘から視線が逸《そ》れた、その一瞬だった。

「痛っ！」

娘はふいに両の手を伸ばすと、縋るようにるいの左右の腕を摑んだ。二の腕に指が食い込んで、思わずるいは「ひゃっ」と悲鳴をあげる。袖の布地ごしに、じんじんと凍るような冷気が伝わってきた。

「ひどい……ひどい……助けて」

(何なの⁉)

仰天したるいがその手を引き剝がすより先に、鼻先がくっつくほど間近になった娘の顔がさっと仰向いてるいを見た。

「……ひどい……酷《むご》い……」

落ちくぼんだ娘の目がぎょろりと動いて、るいを捉《とら》える。しまったと思った時には、もう遅かった。底のない真っ黒な闇にも似た死者の瞳を、のぞき込んだとたん、吸いこまれるようにるいの意識は途切れた。

「おい、るい！　るい、いい加減に起きャあがれ！」

作蔵の怒鳴り声で、るいはぱちりと目を開けた。と同時に、そこは見馴《みな》れた九十九字屋の一階座敷、自分が畳の上に寝転がっていたことに気づく。

「あれ？」

がばっと身を起こしたら、

「やっと気がついたか」

「何をやってやがるんでぇ、この馬鹿娘」

右と左から、呆れた声が飛んできた。壁際の文机《ふづくえ》の前に座る冬吾と、部屋の反対側の壁から顔をだしていた作蔵だ。

真っ先に目に入ったのは行灯《あんどん》の暖かな火色で、それで日はとっくに暮れたのだとわかった。

「今、何刻《なんどき》？」

「じきに五つ（午後八時）にならあ」

「ええ、いつの間に!?」

暮れ六つの鐘を聞いたばかりだと思ったのにと、るいは首を捻る。

そもそもあたしったら、どうして九十九字屋にいるのかしら。店が終わって戸締まりして、筧屋に戻ろうとしていたはずだけど……。

あっとるいは声をあげた。

「そういえばあたし、橋の手前で幽霊に声をかけられて……あれ、それからどうしたんだろ」

あれれ、全然覚えていない。

頭を抱えていると、冬吾が文机の前に座ったまま、るいのほうに向きなおった。かなり不機嫌そうだ。

「まず、何があったのか話せ」

そこでるいは、突然あらわれた娘の霊に八枝という者を助けてほしいと懇願され、あげくに腕を摑まれて——という経緯を説明した。

「で、目をさましたらここにいたんです」

「確かに、ここでも同じことをくどくどと言っていたな」

「誰が」

「おまえだ」

「えぇ、あたし？」

ぽかんとしたるいに、冬吾は大きくため息をついた。

「おまえはあの霊に取り憑《つ》かれていたんだ。娘は一人ではこの店に入ってくることができなかった。だから、おまえを利用したのだろう」

どうやら意識のない間、るいはあの娘に身体を乗っ取られていたらしい。ふらふらと九十九字屋に戻ってきて、八枝様を助けてくれと冬吾に訴えつづけたという。

「うーん。自分で何も覚えていないって、気持ちが悪いですね」

るいは両手でおのれを抱くようにして腕をさすりながら、顔をしかめた。二の腕に食い込んだ指の冷たさを思いだして、ぞっとする。

まったく俺が目を離したらこれだ、ぼんやりしやがって、と作蔵が毒づいた。

「おまけに別人みたいに仕草や物言いが女らしいからよ、何事かと思ったら、本当に別人になっていやがったとはな」

普段はがさつで悪かったわねと口を尖《とが》らせてから、るいは小首をかしげた。

「でも、この店に出入りできないのは、あやかしと無関係な人間だけだと思っていましたけど」

冬吾は小さく鼻を鳴らした。

「さすがにたちの悪い悪霊に対しては、こちらも対処している」

「え、あれって悪霊だったんですか？」

そんなふうには見えなかったと、るいが呟くと、

「取り憑かれたやつが言うことか」

冬吾はじろりと彼女を睨んだ。

「悪い人間が凶悪な風体《ふうてい》をしているとは限らん。霊だって同じことだ。――おまえは霊の姿を目で見ているだけで、肝心なことがわかっていない。無防備にすぎる」

叱りつけるように言われて、るいはすみませんと肩をすぼめた。

(そういや、目で見ているだけって言葉、久しぶりに聞いたわねぇ)

生きた者も死んだ者もそのまま一緒くたに目で見ているだけだと、以前に再々言われたことだ。

(あれ、でも……？)

なんだろう。なんだか大事なことを忘れている気がする。そもそもなぜこんな事態に

なったかというと――。

（あ、そうだ）

「あの幽霊、どうして九十九字屋に来ようとしていたんでしょう。もしかして冬吾様は、あの娘と知り合いなんですか？」

それならあの霊の目的は端《はな》から冬吾に助けを求めることで、るいはただのとばっちりをくらったということになるが。

「――知らん」

冬吾は寸の間をおいて、ぼそりと言った。

「おや、目がさめたのかい。とんだ災難だったね」

と、その時、土間に姿をあらわした三毛猫が、るいを一目見るなり笑うように髭《ひげ》を揺らした。

「安心おし。あんたに取り憑いた霊は、冬吾に追っ払われて退散したよ。今、外を一巡りしてきたけれど近くにはいないようだ。もう当分、ここに寄ってはこないだろう」

「え、冬吾様が？」

冬吾が追い払ってくれなければ、まだ娘はるいの身体に居座ったままだったかもしれない。助けてもらったのだとわかって、「ありがとうございます」と今さらだが慌ててるいは店主に礼をのべた。

するると冬吾は文机の上にあった紙片を手に取って、るいの鼻先に突きつけた。寺社でもらう御札のようだが、冬吾が自分で書いたらしい。字だか模様だかわからないものが墨で書かれていた。

「魔除《まよ》けだ。何もないよりはマシだろう」

持っていろと言われ、るいはありがたくそれを受け取ると、丁寧に折りたたんで懐に入れた。

「今度あの霊があらわれたら、けして係わり合いにはなるな。相手が何を言おうと、耳を貸さずに、すぐさま逃げろ」

るいが目を瞬かせたのは、そう言う冬吾の表情がひどく険しいものだったからだ。いいか、と店主は声までも怒っているようにつづけた。

「あれは、おまえが今まで見てきた霊とは違う。今回はこれですんだが、次に同じことがあればどうなるかわからん。ヘタに係われば――」

冬吾はいったん口を閉ざした。一瞬、何者かを睨みつけるように眼鏡の奥の目を細めてから、ぴしりと次の言葉を押し出した。

「人死にが出てもおかしくはない。おのれの妄執《もうしゅう》によって、生きた人間を害する。

――あれは、そういう類《たぐい》のモノだ」


冬吾からもらった護符のおかげか、それとも追い払われて本当に姿を消したのか、その後くだんの娘の霊はるいの前にあらわれなかった。

冬吾も娘のことはそれきり一切触れようとしなかったので、数日も経つとるいは幽霊に取り憑かれたことなどただの夢だったような気さえしてきた。

それでも「人死に」という怖い言葉と、「八枝様を助けてほしい」という娘の言葉だけは、頭から離れない。るいの中で、その二つがどうにも結びつかなかったからだ。

（だって、誰かを助けてくれって言う人が、本当にそんなに悪いモノなのかしら）

冬吾が間違えているとは勿論思わないけど、だからこそその疑問はるいの中にぽつんと小さな染みみたいになって残ってしまった。

わからないことは、もうひとつあった。あの娘がどうして、るいの身体を使ってまで九十九字屋に来ようとしたのかだ。

（端から縁もゆかりもない幽霊が、わざわざ訪ねてくるかな……？）

でも縁があるとしたら、知らないと言った冬吾が嘘をついたということになってしまうわけで。

何か用事をしていても、そのことがひょいと頭に浮かぶと、ぐるぐるとるいは考え込んでしまう。ついにはナツに見咎《みとが》められて、何をぼうっとしているのかと怪訝そうに問われる始末。ならばと腑《ふ》に落ちないことをナツに打ち明けると、「冬吾にじかに訊けばいいじゃないか」とこれまた素っ気ない返事だった。

それができれば苦労はないと、るいはため息をついたものだ。どうせまともに取り合ってはもらえないし、それに——なぜだか、冬吾にはこれ以上何も訊いてはいけないような気がした。

結局、考えても答えがないなら、考えるだけ無駄というものだ。もういいや、すっかり忘れてしまおうと、るいは決めた。

そうすれば、この話はこれでお終《しま》い。

ただしばらくの間は護符を肌身離さず持っていなくちゃ、それだけは忘れないようにしようとるいは思ったのだった。

二

波田屋《はたや》が不思議語りの会を開くと冬吾から聞かされたのは、睦月も今日が最後という日のことだった。

本所亀沢町《ほんじょかめざわちょう》にある老舗《しにせ》の油問屋、波田屋の主人甚兵衛《じんべえ》は、九十九字屋の上客だ。数ある趣味のひとつが、怪談といわくつきの品物の収集という好事家《こうずか》で、冬吾の数少ない知己の一人でもある。

その甚兵衛からぜひとも会に顔を出してほしいと、冬吾に誘いがあったという。

不思議語りという耳慣れない言葉に、るいは首をかしげた。

「怪談のことですか？」

少し違うと冬吾は言う。

「聴き手がそれは不思議で面白いと思えるものなら、実話だろうが大袈裟な法螺《ほら》話であろうがかまわないそうだ。まあ普通に暮らしていて怪異になどそうそう逢うわけもないから、要は暇な連中が奇をてらった作り話をここぞとばかりに披露して競い合う場とでも思っておけばいい」

ずいぶんな言い方だが、『不思議』を商う九十九字屋の店主にしてみれば、素人《しろうと》の語る珍奇な物語などたかが知れているということだろう。

不思議語りはもともと波田屋が主宰する趣味の会で、年に二、三回、同好の人間が料亭や貸席に集まっておこなわれるという。といっても碁や狂歌や草木を愛《め》でるといった巷《ちまた》によくある会とは違い、虚実ないまぜの不思議話を楽しむという酔狂な集まりでは、おのずと名を連ねる者はかぎられる。聞けば案の定、暇と金の持ち合わせのあるお店《たな》の旦那衆がほとんどらしい。

「以前から招かれてはいたんだがな」

興味はないと断ってきた冬吾だが、今回は無下にもできないらしい。

どうしてですかとるいが尋ねると、先日の眼鏡の件だとむっつりした返事があった。

(ああ、あれね)

すぐさま、るいは合点した。

年が明けてすぐのこと、冬吾の眼鏡が壊れた。玉の部分が枠から外れてしまったのだ。

なにせ舶来品であるから、その辺の行商の眼鏡屋に修理をまかせるわけにもいかず、やむなく顔の広い波田屋甚兵衛に上方から来た腕の良い職人を紹介してもらった……というのが、「先日の件」である。

お世話になったんだもの、さすがに冬吾様も今度ばかりは波田屋さんのお誘いを断るわけにはいかなかったわけねと、るいが笑いを噛み殺していると、

「先方はおまえも連れてこいと言っている」

「え、あたし⁉　あたしも、冬吾様のお供でその会に行くんですか？」

「若い娘がいれば、場が華やぐからとか何とか」

「はあ。そんなものですかね」

ちなみに、眼鏡をせずに外を出歩くのは鬱陶《うっとう》しい――本人いわく、視界が歪《ゆが》むほどあやかしが見えてしまうからだ――と、店に引きこもりを決め込んだ冬吾に代わって、修理のための諸々《もろもろ》の用件で波田屋に足を運んだのはるいである。せっせと波田屋と九十九字屋の間を行き来したおかげで、それまで話にしか聞いていなかった波田屋甚兵衛とも顔馴染みになった。あちらがるいも一緒にと言い出したのも、そのためであろう。

「でもあたし、他人様に話せるほど不思議なことなんて何も知りませんけど。本当にあたしがそんな場にご一緒してもいいんですか？」

るいが困った顔をすると、冬吾は「不思議なことを知らない？」とさも怪訝そうに呟いた。

「父親がぬりかべなのは、不思議ではないのか？」

「それはまあ……。でもお父っつぁんのことを、他の人にしゃべるわけにはいかないでしょ」

「子供の頃から死者の霊が見えたというのは」

「皆さん死んでるだけで、話のネタになるような面白いことはしてなかったし」

「……おまえの言う不思議の範疇がよくわからん」

冬吾は額にぼさっとかかった前髪をかきあげて、呆れた顔をした。

「まあいい。どうせ賑《にぎ》やかしだ。義理で顔を出すだけなのだから、おまえも黙って隅に座っていろ」

それでいいならとホッとして、るいはうなずいた。

翌日の如月朔日《きさらぎさくじつ》。るいは冬吾とともに、不思議語りの会に出かけた。場所は両国橋《りょうごくばし》を渡った先、神田佐久間河岸《かんださくまがし》の近くにある料亭だ。

到着するとそのまま二階へ案内された。座敷を貸し切りにしているらしい。

二人を迎えた波田屋甚兵衛は今年で齢《よわい》六十二、大店《おおだな》の主人らしく鷹揚《おうよう》で、好々爺《こうこうや》という表現がぴったりの人物である。

「お待ちしておりましたよ。やれ、ようやく顔を出していただけた」

「本日はお招きにあずかりまして」

来たくなかったという心の声が聞こえてきそうな冬吾の口ぶりだが、甚兵衛は闊達《かったつ》に笑うと「さあさあ」と二人を用意された席に誘った。

座敷にはすでに先客が五人、茶を飲みながら談笑していた。いずれも身なりの良い、中年から初老の男性だ。聞いていたとおりお店の旦那衆だろう。冬吾を知っている者もいれば初めて顔を合わせる者もいるようで、こちらに挨拶の声をかけてきたり黙って会釈したりと反応はそれぞれだが、皆が愛想良く場が和やかであることにかわりはなかった。

冬吾が波田屋と懇意にしている九十九字屋の店主であること、その九十九字屋が『よろず不思議、承り候』を謳《うた》い文句にいわくつきの品々を扱う店であること、普段よりちょっとおめかしして横にいるるいが彼の連れであること——は全員が、すでに甚兵衛から聞いていたようだ。

隣席に座った男が、自分は馬喰町《ばくろちょう》で瀬戸物を商う亀田屋長治郎《かめたやちょうじろう》という者だが、九十九字屋で扱う珍かな品をぜひうちにも売っていただきたい、瀬戸物の商売にまつわる物ならなおけっこう、などと話しかけてきて、冬吾はそれに「はあ、はあ」と生返事を返している。るいはといえば、馴れないこういう場にはやはり緊張して、しゃっちょこばりながら早く話が始まらないかしらと思うばかりだ。

最後に到着した冬吾とるい、主宰の甚兵衛を加えて、今日の面子《メンツ》は八人であるらしい。甚兵衛が座に着くとすぐに女中がやってきて、それぞれの前に菓子皿や肴《さかな》を並べた膳を置き、茶を入れ替えたり火鉢に炭を足したりと支度を調えた。酒も運ばれてきて、何人かが盃《さかずき》を手にする。

女中たちが座敷を出ていくと、そこは仲間内の気安さか堅苦しい口上などは抜きにして、和気あいあいと不思議語りが始まった。

ではまず手前がと、甚兵衛のすぐ隣に座っていた初老の男が口を開いた。荒木屋文左衛門《あらきやぶんざえもん》と申しますとあらためて名乗ったのは、顔見知りではない冬吾とるいのためだろう。

「話をはじめます前に、皆様にお願いがございます。皆様の膳の上に、小鉢がありますでしょう」

なるほど、蓋つきの小鉢が菓子皿の横に置かれている。気の早い者が蓋に手を伸ばそうとするのを、「おっと」と文左衛門は止めた。

「小鉢の中味は手前の趣向にて、どうか話が終わるまで蓋には触れられませぬよう。この話の肝となるものが入っております」

この会の常連で語り馴れているのだろう。にこやかに座を見回すと、文左衛門は淀《よど》みのない口調で、おのれの味わった不思議を話しはじめた。

「先日、商いの用向きで上方へまいりましてね。行きは何事もなくすんだのですが、用をすませて江戸に戻る途中の、そうあれは、江尻《えじり》の宿を出たあとのことでございました」

朝には晴れていた空が、昼を過ぎた頃には雲が重く垂れ込めて、あたりは日暮れ時のように暗くなってしまった。そのうち雨も降り出して、文左衛門は困った。次の旅籠《はたご》まではまだ遠い。折悪しくちょうど山道にさしかかったところで、雨宿りできそうな場所も見あたらない。

雨はいよいよ激しくなり、身体が濡れて凍《こご》えてきた。これはいかん、一刻も早く雨をしのげるところを探さねばとうろうろしているうちに、街道から外れてしまったらしい。気づけば供の者ともはぐれ、文左衛門は山の中に一人でいたという。

「人里へ戻らねばと焦れば焦るほど、どうも山奥へ踏み込んでいくようで、手前は途方にくれました。そのまま雨の中を、藪《やぶ》をかきわけてどれくらい歩きましたか、すっかり草臥《くたび》れ果ててもう一歩も動けないと思った時でございます」

山小屋を見つけた。しかも人がいて火を焚いている気配がある。やれ助かったと戸を叩くと、中から男が一人顔を出した。これがもはや幾つと見当もつかぬほどの老人で、肌は皺と染みだらけ、伸び放題の髪と髭は真っ白だ。見れば着ているものもあちこち穴があいて、襤褸《ぼろ》のようである。

しかしその時の文左衛門には、相手のなりを奇妙に思う余裕はなかった。凍えきっていて、ともかくも早く暖まりたい。道に迷ったと言うと、老人は快く彼を中に入れて火にあたらせてくれた。

腹が減っているかと訊かれて一も二もなくうなずくと、老人は囲炉裏《いろり》にかけた鍋から干した野草と茸《きのこ》を煮た汁物を縁の欠けた碗によそって、文左衛門に差し出した。塩で味つけしただけのものであったが、湯気のたつ汁は冷えた身体には何よりのご馳走《ちそう》で、文左衛門は夢中で碗の中味をかき込んだ。おかげで腹が満たされ身体も暖まり、ようやく人心地がついた。

「手前は老人に礼をしたいと申しました。すると老人は、ならば買い取ってもらいたいものがあると言うのです。そうして小屋の隅から壺をひとつ持ってきて、手前の目の前に置きました」

片腕で抱えられるほどの粗末な壺だったという。壺の口には栓がしてあった。

「幾らで買い取ればよいのかと尋ねますと、二両だと言います。さすがに手前もその額には驚きました。――いやご老人、助けてもらってこんなことを言うのも何だが、この壺に二両とは法外じゃないかねと手前が申しますと、老人はその時初めて、何かこうニヤリというように笑いました」

壺の値ではないと老人は言った。この中に入っているものに二両、いやそれ以上の価値があると。

では中味は何かと尋ねれば、一口食べれば寿命が一年延びる天界の妙薬だと老人は言う。しかしここで壺の栓を取って見せることはできない。壺の中のものは今は眠っている。栓を開けて外の空気に触れると目をさましてしまう。そうなると厄介だ。

「何が厄介なのかと尋ねましたらば、これはちょっとしたことですぐに笑いだす、一度笑いだせばその後は黒く萎《しな》びて消えてしまう。そうなったら妙薬も台無しだと、老人は真顔で言うのです。手前はそれを聞いて、頭がこんぐらかりました。一口で寿命が延びるというのなら、食べ物だろう。しかも笑うということは、生きているということだ。けれども魚や獣は笑ったりしない。では一体、壺の中味は何なのか。考えるだに、薄気味の悪いことしか思い浮かびません」

そもそも天界の妙薬など、この世にあろうはずがない。仮にあったとしても、なぜこの老人がそんなものを持っているのか。持ち帰って壺の栓を開けてみれば、中は空っぽで騙《だま》されたのだと気づくことだって、いかにもありそうではないか――。

「しかし結局、手前は二両を払って壺を買い取りました。疑いよりも好奇心が勝ったのでございます。たとえ壺の中味が石ころだろうと、それを確かめぬことにはきっとこの先後悔するに違いない。手前はその時、そう思ったのでございますよ」

金を受け取ると老人は、壺を持ち帰ってもいざ食べるつもりの時でなければ栓を取ってはいけない、栓を取ったら相手が笑いだす前に素早く包丁を入れろと念を押した。

やがて雨もやみ、文左衛門は壺を抱えて小屋を後にした。老人に教わったとおりに山を下ると、なんと四半刻もせぬうちに街道にたどり着いた。供の者とも無事に合流し、江戸に戻ることができた——と、そこまで語って文左衛門は一度、口を閉ざし、また一同を見回した。

「それで壺の中には何が入っていたんです？」と、座にいた一人が我慢しきれずに声をあげた。

「おや、笠置屋《かさぎや》さん、ここでは話の途中で口をはさまない約束ですよ」

「や、そうでした。つい」笠置屋と呼ばれた男は、掌でぴしゃりとおのれの額を叩いた。

「しかしどうにも……焦《じ》らさないで、早く話のつづきをお願いしますよ」

いつしか文左衛門の話に引き込まれていたるいも、我に返って同感だわと胸の内でうなずく。

「まあお待ちなさいよ。今から話すところだから」文左衛門はふくふくと笑いつつ、「先に申し上げますと、ありがたいことに二両は丸損とはなりませんでした。壺に入っていたのは石ころなどではない。あの老人の言ったことは、本当だったのです」

(じゃあ、本当に天界の薬だったってこと⁉)

驚いてるいは目を丸くした。

「で、では何が……」とうっかりまた口を開いた笠置屋が、いや失礼と慌てて詫びる。

「いつものことながら、荒木屋さんはお話が上手ですな」と笑ったのは波田屋甚兵衛だ。

さて江戸に戻ったはいいが、壺の栓をなかなか開けることができずにいたと、荒木屋は言った。すぐにも中味を確かめたいのは山々だが、勢いで開けてしまうのは惜しいようなつまらないような気がして、いつまでもぐずぐず迷ってしまったというのだ。

「そうこうしているうちに、今日のこの集まりのお誘いをいただきましてね。それで手前も踏ん切りがつきました。中のものが薬であろうと石かガラクタだろうと、皆様に聞いていただく話のネタにはなるだろうと。意を決して壺を開けたのが、ですから昨日のことでございます」

それで、とるいはそわそわと身を乗り出す。隣で盃の酒を舐《な》めながらその様を横目で見た冬吾が、苦笑しているのも気づかなかった。

「中をのぞきますと、大人の握り拳ほどの丸いものが三つ、入っておりました。どうも何かの実のように見える。壺の口というのはそれほど大きくありませんから、よく見ようと手前は手をつっこんでひとつ、取りだしました。その時うっかり、素早くという老人の言葉を失念しておりまして、手にとってしげしげとそれを眺めたのでございますよ」

　そうして驚いたのなんのと、文左衛門は大仰に首を振る。

「触り心地といい、つやつやとした薄青い皮の色といい、確かに木の実に違いない。しかしなんと、それには人間そっくりの顔がついていたのです」

　目鼻口があって、一見すればまるで小さな人間の禿頭《はげあたま》のようだったと、文左衛門は言った。そんなものが壺の中に三つ入っていたのかと、想像すればなんとも不気味だ。

「なるほど顔があるのなら笑いもするだろう……と思ったとたんに、それはこう、カッと目を開きましてな。手前を見て、いきなりゲラゲラと笑い出したのでございます」

　そうして呆気にとられている文左衛門の手の中で、ひとしきり笑ったあとにその実はみるみる黒く萎んで、灰のように崩れて消えてしまった。その時になって老人の言葉を思いだし、文左衛門はしまったと臍《ほぞ》を嚙んだという。

「そういえば以前に聞いたことがございます。天界の樹木には、人の顔をした実がなるのだそうですよ。人面果《じんめんか》と呼ばれるものだそうで。——ならばと手前は得心いたしました。あの老人が言った、天界の妙薬というのもあながち噓ではございますまい」

　二つめの実は慎重に、そっと壺から取りだした。まな板に載せて包丁をあてたままではよかったが、そこで人面果は大口を開けて笑い出し、またも消えてしまった。

「手前は焦りました。残る実はあとひとつ。失敗すれば悔やんでも悔やみきれません。そこで素早く壺を逆さにして人面果を振りだし、まな板の上に転がりでてきたところをえいやっと」

人面果が笑いだす前に、振り下ろした包丁で真っ二つにしたという。それを聞いて座にいた者たちは「ほう」とため息にも似た感嘆の声をあげた。

「なに、外側は人面でも中は変哲もない果実でございましたよ。断面はちょうど瓜《うり》を切ったような塩梅《あんばい》で」

文左衛門はおのれの膳の上の小鉢に手を伸ばし、蓋を取った。そうしてから、さて皆様と、場を見回した。

「その実を切り分けたものを、ここにお持ちいたしました。一口食べれば寿命が一年延びるという、天界の妙薬でございます。皆様、どうぞご賞味ください」

趣向とはそういうことかと、皆がうなずいてめいめい小鉢の蓋を取った。中に小指の爪ほどの白いかけらが三つ四つ入っている。

もとは人間の顔をした果実だと思うと、箸をつけるのも勇気がいる。るいは恐る恐るそれを口に入れて味わった。

甘い。それに芋《いも》のようにほくほくとした舌触りだ。

うーん、とるいは首をかしげた。何だろう。何だかこれは、前に食べたことがあるような……。

あ、と思った。

(これ、百合根だわ)

百合根を砂糖で甘く煮たものに違いない。

「冬吾様、これ――」こそっと言いかけたるいを、冬吾は顎をしゃくって止めた。

「言うのは野暮だ。皆、こういう趣向だとわかっていて楽しんでいるんだ」

なるほど他の者たちも妙薬の正体に気づいたらしく、座のあちこちでくすくすと笑い声が漏れている。

(あ、そういうことね)

るいは合点した。今の話は、作り話なのだ。最後のこの小鉢で、人面果というのは嘘ですよ、全部法螺ですよと、荒木屋文左衛門は一同に告げたのだ。

夢中で聞いていただけに嘘とわかって気が抜けたが、同時に愉快な気分でもある。それというのも、先に甚兵衛が言ったように語り手が上手であるからだろうと、るいは思った。

「めでたく皆様の寿命が延びたところで、これにて手前の話を締めさせていただきます」

文左衛門はにこやかに言って、語りを終えた。

「荒木屋さんのあとでは、手前の拙《つたな》い話など興ざめでございましょうが」

次に口を開いたのは、浜崎屋正造《はまざきやしょうぞう》という金物屋だ。顔も身体も丸々としていて、些《いささ》か緊張しているらしく汗の浮いた額にしきりに懐紙を押し当てている。

どうも手前は話し下手で……ええまあ、うちの山の神が必要以上に口うるさい女なものので、店のほうもそれで助かっている有様で……こちらの集まりでも、いつもは皆様のお話を聞かせていただくばかりで……と、やたらに恐縮してから、意を決したように言った。

「手前の叔父《おじ》の話なのです。このところ、叔父はおのれの分身に悩まされているようで」

分身、と皆が首を捻ると、正造は、はいはいとうなずきながらまた額の汗を拭った。なるほどすらすらとはいかないようで、口ごもりつっかえながら、正造が語ったのはこんな話だ。

「先日、店先に叔父がふらりと姿を見せまして。叔父は川崎《かわさき》で手前どもと同じ商いをしておりますが、こちらに来るという便りもなくあらわれたものですから、ええ、たいそう驚きましてね」

声をかけても叔父は返事もせず、ただ店の前でぼうっと立っているだけだったという。訝《いぶか》しく思って正造が近寄り、叔父さんどうしたんだいと呼びかけたとたんに、その姿は跡形もなくかき消えた。

「手前ばかりでなく、その場に居合わせた店の者も皆、腰を抜かしました。そうしてよくよく考えると、もしやこれは虫の知らせというもので、叔父の身の上に何か起こったのではないか。そう思って、手前は急いで川崎へ向かったのです」

ところが行ってみると叔父は健在で、しかし正造がこれこれと事情を話すと「またか」と渋い顔をした。

「このところ、度々そういうことがあるのだそうです。このあいだおまえさんを見かけたと人に言われても、それが当人は行ってもいない場所だったり、会ったおぼえもない相手だったり。昨年の秋頃からの話らしいのですが、それでも以前は半月に一度十日に一度のことであったものが、最近は二、三日に一度は叔父と顔もそっくりなら着ている物も同じという者が、あちこちにあらわれるようになったとか。家の中でさえ、たとえば叔父が寝間にいても、庭にいたの厠《かわや》にいたの奥の間で見かけたのと、頻々《ひんぴん》と家人に言われるのだそうです」

叔父も最初は他人の空似だろう、世の中には似たような顔の人間くらいいるものだと笑い飛ばしていたが、そのうちそうもいかなくなった。正造の時と同じように、その叔父もどきは姿を突然消すものだから、見た者は当然、肝を潰す。周囲に奇異な目で見られるようになっては商いにも支障をきたすし、何より叔父本人が近頃では気味が悪くて仕方がないと言う。

「赤の他人などではない、その叔父もどきは実は叔父の分身なのではないか。本人も気づかぬうちに身が二つに分かれて、方々をうろついているのではないか……とまあ、突拍子もない話ですが、そう考えるしかないのです。しかし、ではなぜそんなことになったのかとなると、誰にもさっぱりわかりませんで」

正造はふうと大きく息をつくと、居住まいを正して場を見回した。

「実は手前がこの話をいたしましたのは、ここにお集まりの皆様の中に、もしや叔父の身に起こったことと似たような事例をご存じの方がいらっしゃらないかと思ったからなのです。皆様は世間の不思議な出来事を、様々見聞きしておられます。どうかお知恵を拝借できましたらと」

正造は頭を下げた。彼の語りはこれで終わりらしい。

座にいる者たちは顔を見合わせた。波田屋甚兵衛が、ひとつ咳払《せきばら》いをする。

「浜崎屋さん。それで、叔父御は今どうされているのです？」

「最後に届いた便りによれば、分身のことを気に病むあまり、ついに寝付いてしまったそうです」

「それはお気の毒な」

「商いのほうも、どうにもはかばかしくない様子で」と、正造は暗い顔だ。

これが作り話ですべて本人の芝居ならたいしたものだが、この浜崎屋という人物はそんな曲者《くせもの》には見えない。とすると、本当の話だ。正造の叔父の身に現実に起こった話なのだ。

座の者たちもそうとわかって、一様に真顔になっている。お知恵を拝借と言われたのなら、なんとか知恵を絞らねばというところだろう。

「しかし、似たようなことと言われましても」

さっき冬吾に話しかけてきた亀田屋が、首を捻った。

「狐や狸《たぬき》に化かされたという話ならば聞いたことはありますがねえ」

「しかし狐狸《こり》の類だというなら、叔父御はともかくわざわざ江戸まで出てきて浜崎屋さんまで騙そうとしますかね」

「人の姿に化ける妖怪の話ならば知っておりますよ。浜崎屋さんのお身内はひょっとしてその妖怪に魅入られたのでは……」

ああだこうだと、皆がおのれの考えをいっせいにしゃべりだしたところで、それまで無言でいた冬吾が持っていた盃を膳に置いて、言った。

「それは生き霊でしょう」

さほど大きな声でもないのに、場がぴたりと静まった。

「生き霊と言われますと」

正造が目をむいて聞き返す。

「たまにあるのですよ。魂が勝手に肉体から浮かれ出るということが。そうなるきっかけがあったのかもしれないし、あるいはあなたの叔父という人はもともとそういう体質であったのかもしれませんが」

「では手前が見かけたのは、叔父の生き霊だったと」

私の見立てでは、と冬吾はうなずいた。

「いずれにしても、このままでは危険だ。寝付いたというのは気鬱《きうつ》によるものじゃない、魂が頻繁に抜けだすせいで、器である肉体のほうが衰弱してしまったのでしょう。へたをすれば命に係わります」

「そ、それではどうすれば」と、正造は青ざめる。

「魂留めの符をもらってきて肌身離さず持っているよう、伝えてください。ともかくも魂が外に出ぬよう肉体に引き留めることです。それも早急に。それでもまだ生き霊があらわれるようでしたら、うちの店でご相談にのりますよ」

正造はあーだのうーだのと口を開けたり閉じたりしてから、勢いよく立ち上がった。

「波田屋さん、皆様も申し訳ありませんが、今日はこれで失礼いたします。すぐに叔父に便りを送らねば」

「……やれ、あんなに慌てて。身内思いの人だねえ」

あたふたと座敷から飛び出していった正造を見送ってから、甚兵衛は冬吾に目をやって微笑した。

「浜崎屋さんに代わってお礼を言いますよ。あの人ときたら、一言もなしで行っちまいましたからね。きっと、あとで気づいてあなたにお礼なりしてくるでしょうけど」

それはどうもと呟くように応じて、冬吾はまた盃に口をつけた。すでにけっこうな量の酒を飲んでいるように見えるが、酔った様子はない。冬吾様って実はお酒が強かったのねと、ここへきてるいが一番感心したのはそんなことだった。

三

その後三番目四番目の語り手が自慢の不思議話を披露して、中休みとなった。ずっと座っていて強張《こわば》った身体を少しほぐそうと、るいは座敷を出た。

どこからか、良い香りがする。料亭の裏には小さな庭園があって、そこに梅が幾本も見事な枝を広げていた。

思わず近寄って満開の花に見とれていると、「おや、あなたは」と後ろのほうで声がした。

振り返ってるいは、あっと声をあげる。こちらに近づいてくる人物の顔に見覚えがあった。

(辰巳神社の)

神主だ。今日は羽織姿である。

「お久し振りですね」

るいの隣に立つと、神主は微笑した。相変わらず柔らかな物腰だ。視線を梅に向けて、綺麗ですねと言った。

「今日ここで不思議を語る集まりがあると聞いて来たのですが」

すぐにまた視線を下げて、るいを見た。

「花の匂いに惹《ひ》かれて先にこちらに足を向けたら、あなたの姿があったので、つい声をかけてしまいました。会はもう始まっているのでしょう?」

「ええ。今は中休みで……」

どうしよう。またこの人に係わっちゃったわと思うものだから、笑顔が引き攣《つ》るるいだ。

「奉公人のあなたがいるということは、九十九字屋の店主も来ているわけですね」

はいとうなずいてから、思い出した。そういえばこの人、冬吾様とはお互いに会いたくないと言ったはず。このままじゃ鉢合わせしちまうわ。どうするんだろう。

考えていることが顔に出ていたらしく、神主は苦笑した。

「私もこの集まりには幾度かお誘いをいただいていたのですが、都合がつかずにずっとお断りしていました。今日はあの男が来ると聞いて出向いたようなものです」

え、とるいは目を丸くした。

「会いたくないとは言いましたが、これまでも両者がまったく顔を合わせなかったわけではありませんよ」

言って、神主は苦笑を普通の笑みに変える。「ところで」と、さらりと話題も変えた。

「笠置屋さんの語りはもうすみましたか」

唐突な質問に、るいは小首をかしげた。

「はい。笠置屋さんは四番目でしたから……」

休憩に入る前に語りは終わっている。ある男が古道具屋から提灯を買ったが、それを使うといつも何かが後ろにいる気配がする。振り返っても誰もいないのに、足音だけが夜道をどこまでもついて来るという、ちょっとぞっとする話だった。

「ええと」

相手に呼びかけようとしてるいが口ごもっていると、神主は察して、

「ああ、まだ名乗っていませんでしたね。私の名は周音《あまね》といいます」

「私は」

「るいさんでしょう。お壱から聞きましたよ」

「お壱さんから？」

「今度また、会いに来てやってください」

もちろんそのつもりだが、この相手にうなずいてしまっていいものかどうか、るいにはわからなかった。

「周音様は、笠置屋さんとお知り合いなんですか？」

「顔見知りになったのは、この数年ですね。笠置屋さんは菊川町《きくかわちょう》にあって、うちの神社からさほど離れていない。時折いらしては、不思議話を聞いたり聞かせたり」

「周音様も不思議話をなさるんですか？」

「私は作り話は得意ではありません。もっぱら体験談のほうです」

神職という立場柄、奇妙な話を見聞きすることは多いのでと、周音は口の端に笑みを残したままで言う。

「実は笠置屋さんが披露した話は、先日神社にいらした時に私がお教えしたものでしてね。私が同席していては、笠置屋さんとしては話しにくいかもしれないと思い、あの人の番がすんだかどうかお訊きしたのですよ」

皆さんには内緒にしておいてくださいと言われ、るいは小さく首をかしげた。

「他の人から聞いた話でもかまわないんですか？」

「こういう集まりで語られる話はたいていが、他人からの又聞きでしょう。一から自分で話を作り上げるか、実際におのれの身に起こったこと以外は」

言われてみると、怪談奇談というのはそういうものだろう。

るいは小さく息をついた。正直なところ、冬吾のことをいろいろとこの男に訊いてみたい思いはある。

(冬吾様は、自分のことは何も教えてくれないし)

周音は子供の頃から冬吾を知っていると言っていた。幼なじみなら……そう、たとえば冬吾が九十九字屋の店主になった経緯なども知っているのではないか。

（でも、冬吾様が何も言わないってことは、言いたくないとか言っちゃいけないようなことかもしれないし）

何より、冬吾が嫌っている相手だ。るいがこっそりと周音からいろいろ聞きだしたと知ったら、冬吾は良い気はしないだろう。

というわけで、るいは胸の中でむくむくと膨れている好奇心を抑え込んだ。

ふと見ると、周音は「何か」という顔でるいを見ている。

「あ、あの……この会に誘われていたってことは、周音様は波田屋さんのこともご存じなんでしょう？」

周音はええ、とうなずいた。

「波田屋さんとは、先代――私の父の頃からのつきあいです」

世間とは狭いものだ。いや、世の中の不思議話を好んで収集する好事家は、江戸広しといえど数がかぎられるということか。

風が梅の枝を揺らした。花の香が匂い立つ。

「あなたは死者の霊が見えるのだとか」

周音は風の行方を追うように視線を巡らせて言った。おそらくお壱から聞いているのだろう。ならば隠すことでもない。

「はい」

「これまでもたくさんの霊をご覧になったと思うので、ひとつ聞いていただきたい話があるのですが」

「私にですか？」

「ほんの短い話です。こちらに集まった皆さんの前で披露するようなものでもない。ただ……聞く者によっては、面白い話でしょう」

十日ばかり前に起こったことだと、周音は言った。九十九字屋のほうにもすでに伝わっているかもしれませんがと言われたが、少なくともるいは初めて聞く話だった。

場所は浅草寺《せんそうじ》の門前町、町木戸もとうに閉まった深夜のこと。突然一人の女が息をきらせて駆けてきて、潜り戸を通してほしいと木戸番に頼んだ。見ればまだ若い娘だ。なぜこんな時刻にと当然、木戸番は訝しんだ。

娘はどこかの下働きといったなりで、自分の奉公先の主人が病を患ったので医者を呼びに行くところだと言う。それにしたって夜中に若い娘をよこすことはあるまいと木戸番は思ったが、その切羽詰まった様子からよくよくの事情があるのだろうと考えて、潜り戸を開けてやった。

「送り拍子木というのをご存じでしょう。夜四つ（午後十時）に木戸を閉めてから、その町の住人以外の者を脇の潜り戸から通した時には、木戸番は必ずその人数分、拍子木を鳴らすことになっています。次の木戸の番人に、通行人がいることを知らせるためです。ですからその木戸番も、娘を外に出した後、拍子木をひとつ鳴らしました」

ところがである。待てど暮らせど、娘が駆け去った先にある木戸からは拍子木の音が聞こえてこない。人がそこを通ったという合図がないのだ。

木戸番は次の木戸へ走った。しかしそこの番人は、あんたの鳴らした拍子木は聞こえたが誰も来なかったよと言う。慌てて木戸番は周辺を探したが、娘の姿はどこにもない。

ふとそこで、木戸番は奇妙なことに気がついた。あの娘は一体どこから来たのだろう。初めて見る顔だから、この辺の住人ではない。しかしどこから来たにせよ、通りを駆けてきたのなら、ひとつ手前の木戸を通ったはずではないのか。なのにそれを告げる送り拍子木は聞こえなかった。

木戸番は今度は反対側の木戸へ行って娘のことを尋ねたが、そちらの番人も「娘など来なかった」と怪訝そうに首を振るばかりだ。

「木戸番はそれを聞いて、何ともいえぬ嫌な心持ちがしたそうです。ぞっと身体の毛が逆立つような。娘はそれきり、医者を連れて戻ることもなく姿を消してしまいました」

しかしそれで終わりではなかった。その二日後、やはり夜中に娘が一人、浅草御蔵《あさくさおくら》そばの木戸を通って消えてしまうということが起こった。

「さらに次の晩も。娘は今度は神田佐久間町にあらわれた。新《あたら》シ橋の手前の木戸だったというから、ここからさほど遠くはない。しかし、それ以降は目撃されていません」

浅草から神田へと向かって、だが娘は神田川を越えることはなかった。

「おそらく妄執にとらわれた霊でしょう。娘はどこかへ行こうとして、だがそれを果たせず無念のうちに死んでしまったのだろうと思います。一体、どこへ行こうとしていたのか」

るいはぽん、と手を打った。

「奉行所です。朝になるのを待って、お役人様に訴え出るつもりで——」

周音は、おやという顔をした。

「なぜそう思うのです？」

「なぜって……」

聞き返されて、るいはあれっと自分の言葉に首を捻った。

(どうしてあたし、そんなふうに思ったんだろ)

ふいに、胸の中がざわっとした。

どうして。あたし、この話を知っている。初めて聞いたはずなのに。でも、知ってる気がする。

若い娘。そう、るいと同じ年頃の。下働きのような、粗末な着物。どこからか梅の香がして、ちょうど今と同じように。

るいは懐に手をやると、冬吾からもらった護符に触れた。

夕暮れに、るいの前にあらわれた娘の霊。

取り憑かれた間の記憶は、るいにはない。蠟燭《ろうそく》の火がふっと消えてまた灯《とも》された、そんな感じで意識が戻った。

でも今思うと、暗闇の中で長い夢を見ていたような気がする。その夢のひとかけらが、「奉行所」という言葉になって、るいの口から零《こぼ》れでたのだ。

――どうか助けて……八枝様をあそこから出してあげてください

お役人様に言えばきっと。……早く……早く……あいつらに見つからないうちに！

「やはり面白い話だったようだ」

聞こえた呟きに、るいは我に返った。るいを見つめていた目をすっと細めてから、周音はにこやかに会釈した。

「私は皆さんにご挨拶がありますので、先に参ります」

庭園を出ていく神主の姿をぼんやりと見送ってから、るいは「わっ」と飛び上がった。

（いけない、あたしも戻らなくちゃ！）

もしや次の語りがもう始まっているかも。休憩の間にほんのちょっと、強張った身体をほぐすつもりで外へ出ただけだったのにと、るいは慌てて庭園を飛び出した。

四

二階へ上がると、一足先に座敷に入った周音が他の客たちに挨拶をしている声が聞こえた。よかったまだ始まってなかったとほっとして、座敷に入ったとたん、るいはその場の何とも複雑な空気に気づいて足を止めた。

まあ、複雑なというのはるいだけが感じたことかもしれない。周音という闖入者《ちんにゅうしゃ》を迎えて、五人の旦那衆は「ようこそ、ようこそ」と相変わらず愛想良くにこやかである。

「ええ、先日お会いした際に、ぜひともおいでくださいと手前がお勧めしたのですよ」

と手柄のように言っているのは、笠置屋だ。

波田屋甚兵衛は笑みをたたえながらも、些か戸惑っているふうだった。ちらちらと、冬吾と周音をこっそり見比べるように視線を動かす。その様子から、どうやら甚兵衛は両者の間の確執を知っているらしかった。

当の冬吾はといえば、案の定ひどく険悪な目で周音を睨みつけている。喉の奥で唸っている野犬か、毛を逆立てている猫みたいだ。今にも席を蹴って外に出ていくのではないかと、座敷の入り口に突っ立ったままで、るいはハラハラする。冬吾のその反応に気づかぬはずもないのだが、周音のほうは素知らぬ顔で、空いていた浜崎屋の席に勧められるまま座った。甚兵衛が声をかけると、女中が新しい膳をその前に運んできた。

どういうつもりだ――と言いかけたのだろう。しかし冬吾はぐっと口を結んだ。他の客の前で周音に食ってかかれば、仲が悪いことが周囲に知れて、他人に妙な詮索《せんさく》をされることになりかねない。さらにおのれのせいで場の雰囲気が悪くなれば、せっかくの集まりはぶち壊しだ。主宰者である甚兵衛の顔を潰すことにもなる。さらにさらに、ここでいきなり「気にくわないから帰る」などと言い出すのは、あまりに大人げない。そういった諸々に鑑《かんが》みて、ついに諦めたのだろう。冬吾は席を立たなかった。

そして、おそらく周音は冬吾がこの場を辞すことができないのを見越した上で、この集まりにあらわれたに違いなかった。

甚兵衛がこほん、と大きく咳払いをした。それを合図に皆が口を閉ざしたのを見て、るいは急いで自分の席に戻った。

「いや、驚きましたよ、周音さん。今日来ていただけるとは。いつもつれないお返事でしたからね」

嬉しいですよ、と周音に笑いかけた顔からは、先の困惑の色は消されている。

「このように途中で顔を出したのでは、皆さんのご迷惑になるかとも思ったのですが」

先にすませなければならない用事があったために、来るのが遅くなってしまったと周音は詫びた。

「迷惑などと、とんでもない。こちらは飛び入りも大歓迎です。なにせこのところはこうして集まる顔ぶれはほぼ決まっておりまして、それが気安い反面、些か新鮮みに欠けるのが難でしてね」

おやそれはあんまりだ、我らは萎びた野菜かと、旦那衆の中から笑い含みの抗議があがる。

なに手前などは萎びすぎて最早煮ても焼いても食えませんと、甚兵衛はすまして返してから、

「ご存じない方もいらっしゃいますから、あらためてご紹介いたしますよ。こちらは猿江町にある辰巳神社の御神職で――」

神主の佐々木《ささき》周音と申しますと、本人が後を引き取って挨拶した。

「辰巳神社というのは深川でも由緒ある神社でしてね」と、口をはさんだのは笠置屋だ。

「なんと初代の神主は、かの深川八郎右衛門《はちろうえもん》と所縁《ゆかり》のある人物だというのですから」

彼《か》の地を拓いた八郎右衛門はその功績により、七代後まで名主として深川を治めた。深川の地名は、その姓に由来するものである。

「おや、ひどいじゃないですか、笠置屋さん。今、私が言おうとしていたことを」

甚兵衛が苦笑すると、笠置屋は「これは申し訳ない」とまた、自分の額を掌でぴしゃりと打った。

荒木屋文左衛門の話の時もそうだったが、この笠置屋はどうも口がよく動く御仁のようだ。しかし朗らかなので嫌味がない。

「よいですよ。おまかせします」

甚兵衛の言葉に、ではと笠置屋は辰巳神社の由緒を語った。

いわく、八郎右衛門の居宅があった場所というのが今の深川神明宮、つまりその界隈が深川発祥の地となる。辰巳神社はもとは神明宮のそばにあったのだが、深川一族が猿江町に移住した際、ともに今の地に移転したのだという。

聞いていて、るいはあらっと思った。

(神明宮って、うちの店のすぐ近くじゃないの)

九十九字屋があるのは北六間堀町、深川神明宮はそこから町をひとつ隔てただけの距離で、るいも時々お参りをしに行く。

そうすると六間堀のあるあの辺りが深川で一番古い土地ってことになるのね。なんだかすごい……と感心してから、

(そういうことじゃなくて)

では辰巳神社も、もとはあの近辺にあったということだ。

どこにあったのかしらと隣席の冬吾を見たが、九十九字屋の主は全身から不機嫌この上ない空気を漂わせていて、とても話しかけられたものではない。

深川一族が猿江に移り住んだのは四代公方様の御治世、今から百五十年近くも昔の話でと、笠置屋がさらに言いだしたところで、「もうそれくらいにしておきなさいよ」と甚兵衛が笑って止めた。

「おまかせするとは言いましたけど、その調子じゃあ日が暮れちまう。ほら、周音さんも困っていらっしゃるじゃありませんか」

笠置屋さんのお気遣いはありがたいですと、周音は微笑む。

座にいる者たちからも、「笠置屋さんの深川自慢は毎度のことですからなあ」「ご自分の語りよりも力が入っていますよ」とくすくす笑いが漏れて、笠置屋は「これはしまった」と照れた子供のように頭をかいた。

「それにしても今回は、九十九字屋さんばかりか辰巳神社の御神職までいらっしゃるとは。いや、珍しい顔あわせだ。どのような話をしていただけるか、楽しみですねえ」

そう言ったのは亀田屋だ。すでに酔っているらしく顔が赤い。隣席にいながら冬吾の不機嫌にはさっぱり気づいていない様子なので、るいはおっかなびっくり横目で冬吾の反応をうかがった。

「ご期待に沿えずに申し訳ありませんが、私は本日は聴き手に回るつもりでまいりました。人前で話をするのはどうも苦手でしてね」

冬吾は座にいる者たちには目もやらずに言った。

「おや、そうなのですか」

亀田屋は見るからに残念そうな顔になる。

「しかしせっかくいらしたのですから、何かひとつくらいお願いしますよ。九十九字屋さんのご商売でしたら、不思議話などいくらでも――」

亀田屋さん、と窘めたのは甚兵衛だ。

「ここでは、そういう無理強いはしないという決まりですよ」

「そうでした、そうでした」

「ではそろそろ……、花村《はなむら》さん、よろしいですか」

語りの五番手は、湯島《ゆしま》の料亭『花村』の主人だった。それが終わると、甚兵衛は周音に視線を向けた。

「いかがでしょう、周音さん。話を披露していただけるのでしたら、次にお願いしてよろしいですか」

はい、と周音はうなずいた。

「ただ、先ほどの九十九字屋さんではありませんが、私も人前で話を披露することにはあまり馴れてはおりません。立て板に水とはいきませんし、お耳障りなところもあるでしょう。それと、少々長く時間を取らせていただくことになるやもしれません」

「かまいませんとも。順番で言えば最後は私の番になりますが、皆さん私の話など聞き飽きていらっしゃいますので、この際、周音さんが取りでようございますよ」

「ではお言葉に甘えまして」

座を一巡り見回し、その際に一寸《ちょっと》だけ長く視線を冬吾に留め置いてから、周音は語り始めた。

「先に申し上げておきますと、この話に出てくる人物や店の名、地名は本当のものではありません。すべて変えてあります。そこはご了承ください」

実名を明かせば障りがあるからだと言う。

「名を出せば相手に迷惑がかかるということでしょう。もっともです」

そう言ったのは『花村』の主人で、語りの途中で口をはさんではならないというしきたりではあるが、言わずにはおれなかったらしい。もちろんそれくらいのことは心得ているると、他の者たちもうなずいている。

「誰しもおかしな噂などたてられたくはありませんからねえ。もしも商いなどしているなら、なおのこと」

「いえ。障りがあるのは皆さんのほうです」周音はゆるりと首を振った。

「私どもが？」

「この場にお集まりの皆さんは、怪奇談に蘊蓄《うんちく》のある方ばかりだ。万が一にも私の話に興味を持ち、後々にご自分で真偽を確かめようなどという気になれば――深入りなされば、それが障りとなる。話を聞くだけなら問題はありませんが、ヘタに係わればその身に禍《わざわい》が降りかかるやもしれません」

旦那衆は目をむいた。

「お、脅かさないでくださいよ」

『花村』の主人は細い声で言い、身震いして黙り込んだ。

（あれ……？）

るいはふと、周音がたった今言ったのと似たような言い回しの言葉を聞いたことがある気がした。

（そうだ、冬吾様が）

――けして係わり合いにはなるな。ヘタに係われば、人死にが出てもおかしくはない。

くだんの娘の霊について言ったことだ。

それに娘の幽霊と言えば、さっきの庭園での話は何だったのだろう。そう思ったとたん、また身の内がざわっとして、るいは自分の二の腕をさすった。

「脅しではありません」周音は薄く笑った。「相手に迷惑がかかると仰いましたが、その相手は今はもうこの世にはおりません。これは、そういう話です。ですから皆さんも、この場かぎりで聞き流してくださいますよう」


上野《うえの》に三河屋《みかわや》という小間物屋があった、という。――つまり店の屋号は三河屋ではなく、店の在所は上野ではなかったし、小間物屋ですらなかったかもしれない。

それはともかく、三河屋は主人である吉太郎《よしたろう》がその商才と骨惜しみせぬ働きぶりで、一代で大きくした店だった。繁盛し、奉公人の数も増え、しっかり者の跡取りにも恵まれて、気づくと吉太郎はそろそろ隠居を考える年齢《とし》になっていた。

そこで、息子夫婦に店を譲った後に移り住むつもりで、郊外に一軒の家を買った。まさかそれが三河屋に悲劇をもたらすことになるとは、吉太郎自身、その時には思ってもいなかっただろう。

「吉太郎の家族はその家を買うことには反対していたといいます。店の主人が隠居して風光明媚な郊外に住むというのは、珍しいことではありません。しかしその家は近くに人家もなく、田畑と雑木林に囲まれて一軒だけぽつりと建っているような塩梅で、そこに住むというのなら隠居というよりも隠遁《いんとん》だ、世捨て人でもあるまいにと皆が思ったそうです」

それればかりではない。そのような場所にあるにも拘《かか》わらず、家の造りは金にあかせたように立派で、部屋数も多い。ちょっとした屋敷くらいの広さはあった。さらに奇妙なのは、武家屋敷でもあるまいに敷地を高い白壁で囲ってあったことだ。

お内儀《かみ》の伊代《いよ》は年を取ってからそんな寂しい場所に住むのは嫌だとこぼしていたというし、息子夫婦ももっと店に近いところに家を買うなり借りるなりしてくれと、再三吉太郎に勧めたらしい。

しかし吉太郎は聞き入れなかった。普段は真面目で温厚な人柄であったが、一度こうと決めたら頑として譲らぬ頑固さも、彼にはあった。それが結果として商いの成功に結びついたのだという自負があったからなおのこと、家族にあれこれと文句をつけられて、すっかり意固地になってしまったらしい。

家族の反対を押し切ってその家を購入すると、吉太郎は大工を雇って空き家であった家屋の傷みを修繕したり、植木屋を入れて庭を整えたりと、せっせと別宅の手入れにいそしみだしたという。

そうなるともう口をはさめるものではない。そもそも店の主人の意向だ。妻や子や奉公人の立場では従うしかなく、吉太郎の新手の道楽とでも考えて家族は諦めることにした。

ところがである。

家の修繕がすんでいつでも住めるとなったとたん、吉太郎は店を伊代と息子夫婦にまかせ、自分はわずかな身の回りの品と下働きの者を連れて、住居をそちらに移してしまったのだ。それはまったく唐突なことで、まだ隠居もしていないのにと、家族は当然驚いた。

「なぜ吉太郎はそのようなことを？」

口を開いたのは荒木屋である。思わずというよりも、語り手の話を遮ってはならないという決まり事などは、もはやどうでもよいということらしい。それを咎める者もいなかった。

「おそらく吉太郎は、その頃すでに正気を失っていたのではないかと思います」

周音は言ったが、荒木屋はいっそう首をかしげた。

「正気を。どういう意味です？」

「いくら意地を張ったとはいえ、主人が店も家族も放り出して一人で別の家に移り住むというのは、些か常軌を逸した行動だと思いませんか。仮に身内と不仲になったとしても、主人のほうが出て行くというのは解せない」

「確かに」

「それに店の者の話では、家のことで揉めたとはいえ、ことさら家族の仲が悪くなったようには見えなかったとか」

「ますますわかりませんな」

周音はうなずいた。

「わからないことならば、他にもあります。――そもそも吉太郎は隠居後の家を探す段で、なぜその家を選んだのか。そして一体、誰から家を買ったのか。しかしそれを本人から聞きだした者はおらず、今となっては知るすべもありません」

「しかし、それではまるで吉太郎が正気を失った原因はその家にあるとでも」

言いかけて、だが荒木屋は首を振った。

「失礼しました。どうぞ、先を」

吉太郎は別宅に移ると、それきり店のほうに戻る気配はなかったらしい。家族は案じて、三、四日に一度は奉公人に吉太郎の様子を見に行かせた。いっそこのまま隠居するにしても、代替わりの際にはお披露目が必要だ。方々への挨拶もあるので、とにかく一度店に帰ってきてくださいと、番頭が出向いて泣きつくことも度々だった。

そのうち吉太郎は、店の者が訪ねてくるのを嫌がるようになった。用事があれば自分のほうから知らせると言って、門の扉を閉ざしてしまった。それがまた上級の武家の屋敷にあるような大きく頑強な扉で、内側から閂《かんぬき》をかけてしまえば拳で叩いたくらいではびくともしない。

門前払いをくらった奉公人たちは困り果て、それを聞いた伊代と息子が驚いて家を訪ねたが、いかに門の外から呼びたてようと吉太郎が顔を出すことはなかった。

その状態が一ヶ月二ヶ月とつづいて、三河屋の者たちもさすがにこれはまずいと思い始めた。そこでなんとか主人を外に引っぱり出すべく、奉公人の中でも屈強な者たちが数人で扉を壊す支度を調え別宅に押しかけた。

しかし。その時にかぎって、なぜだか門は開いていたらしい。おそるおそる中に入った者たちがまず気づいたのは、家の中の荒れようである。長い間掃除をしていないのか埃が溜まり、あちこちに蜘蛛《くも》の巣が張っている。台所の土間には放り出された食材がそのまま干涸《ひか》らび、腐っている有様だ。畳も廊下も汚れてベタつき、空気はむっと淀んで饐《す》えた臭いがしていた。

家には吉太郎が店から連れて行った老いた下男夫婦がいたはずだが、おかしなことにその姿が見あたらない。そもそもその二人がいて、家がこれほど荒れるはずがなかった。気味悪く思いながらも奉公人たちは家中を探して、ようやく倉の中で倒れている吉太郎を見つけた。痩せ細ってはいたが、幸い息はあったので、扉を壊すための道具を運んできた荷車に乗せて、皆して店に連れ帰った。

「一体何があったのか。吉太郎は一言も話しませんでした。……いや、正しくは話すことができなかった。店に運ばれた翌日に吉太郎は目をさましましたが、その時にはもう廃人のようになっていて、魂が抜けたようにただぼうっと宙を睨んでいるばかりだったといいます」

「その、下男夫婦というのはどうなったのです？」と訊いたのは亀田屋だ。

「どこへ消えたものか、それきり姿を見かけた者はいないそうです」

「で、では、下男夫婦が主人を襲い、金目の物を盗んで行方をくらましたということではないのですか。門が開いていたというのも、彼らが逃げる時に扉を開けてそのままにしていたからでは」

そうに違いないと、亀田屋は無理にもおのれに言い聞かせるように言う。

だが、周音は首を振った。

「三河屋のほうでも当初はそう考えていました。しかし調べたところ、吉太郎が別宅に持ち込んだ金品は盗まれてはいなかった。それどころか、下男夫婦の部屋には彼らが長年奉公してこつこつと貯めていた金までがそっくりそのまま残っていたとか」

どのような理由があるにしろ、主人を襲って逃げたのなら、自分たちの金を持って出なかったのはおかしなことだ。金ばかりではない、彼らのわずかな手持ちの品まで部屋に残っていたというから、荷物をまとめて出ていったのではなかったらしい。――そう聞けば納得せざるを得ず、亀田屋は黙り込んだ。さっきまで酒で赤らんでいた顔が、今は青ざめていた。

「先に吉太郎が見つかったのは倉の中だと言いましたが、それは家の中に造られた内倉のことです」

家の奥にある廊下の先に施錠できるぶ厚い扉があり、その内に四畳敷きほどの広さの空間があったという。

「しかしその内倉については、奇妙な話がありましてね。まだその家を買う前のこと、吉太郎と一緒に、三河屋の番頭が一度、家の中を下見しているんですよ。それでその番頭が言うには、そこに内倉などなかった、と」

廊下のどん詰まりに倉の扉などなかった、そこは壁だったはずだと、番頭は言ったのだ。

座の面々が息を詰めて話に聞き入る中、周音は淡々と言葉を継いだ。

「なかったのではありません。倉は初めからそこにあった。おそらく、後から壁で塗り込めて扉を覆い隠していたのでしょう」

「な、何のためにそのようなことを？」と訊いたのは笠置屋だ。異口同音の呟きが他の者たちの口からも漏れた。

「壁の下に塗り込めてしまわねばならないほど、忌まわしいものであったからでしょうね」

「忌まわしい……？」

「その内倉がですか？」

皆が口々に問いかけた。周音は座を見回して「そうです」とうなずくと、ひんやりとした声で告げた。

「後に判明したことですが、その内倉はかつては座敷牢として使われていたのです」

う、と誰かが呻《うめ》き、重苦しい沈黙が場に降りた。

(怖い……)

るいは、膝の上に置いた自分の両手が小刻みに震えていることに気づいた。

(あたし、この話がすごく怖い)

手だけではない。座っているのに、膝までがかくかくと震えていた。背筋が寒くなったり、ぞっと身の毛がよだつという怖さとは違う。身体の芯からじわじわと冷気が滲《し》みだしてきて、目の前がうっすら暗くなるような得体の知れない怖さだ。

——ひどい……酷い……

——どうか八枝様を……あそこから……出して

カツンと硬い音が隣席から聞こえて、るいは我に返った。

(冬吾様?)

持っていた盃を手荒く膳に置いた音だったらしい。冬吾は食い入るように周音を見つめていた。ぼさぼさの前髪と眼鏡で隠れてはいるが、その表情には怒りとそれよりも濃い困惑の色があった。

冬吾のそんな顔を見るのは初めてだったので、束の間自分が震えていることも忘れて、るいは小さく息を呑んだ。

周音が一瞬、彼に視線を向けた。が、すぐに目を逸らせると、相変わらず淡々と口を開く。

「話を戻しましょう。と言っても、三河屋について語るべきことはもうほとんどありません。吉太郎を別宅から連れ帰ってからわずか半年足らずのうちに、店は潰れました」

潰れた——とは、どういう意味か。

「それはつまり、吉太郎は廃人のような有様から本復せず、そのため店の商いが立ち行かなくなったということですか」

それが荒木屋か、『花村』の主人の声だったのか、身を竦め下を向いているるいにはわからない。

いいえ、と周音のよく通る声が返った。

「吉太郎をはじめ家族と、店の奉公人までがその半年の間に死んだからです」

まず店を継ぐはずだった息子がある日ふらりと姿を消し、二日後に川で溺死《できし》しているのが見つかった。つづいて奉公人の半数以上が高熱を出して倒れ、病の原因もわからぬまま、幾人もが二、三日ばかりで息を引き取った。

いつからか、店の近隣では三河屋は祟《たた》られているという噂が広まっていたらしい。お内儀の伊代はそれでも気丈に店を支えようとしたが、度重なる災厄を目の当たりにしていた奉公人たちは、祟りという言葉に怯《おび》えて一人去り二人去り、最後は皆、散り散りに逃げ出した。

跡継ぎを失い、主人は生ける屍《しかばね》のように呆《ほう》けたまま、その上に奉公人がいなくなったとあっては、もはや店をつづけることは無理だ。その意味では確かに、三河屋は商いが立ち行かなくなったのだ。伊代もついに、店を閉める決心をした。

そして吉太郎は――。

「店を閉めて一ヶ月の後、吉太郎は座敷の鴨居《かもい》で首を吊《つ》りました。寝間にいた伊代は包丁で刺し殺されていたそうです。外から誰かが忍び込んだ様子はなく、凶器の包丁が吉太郎の足の下に落ちていたこと、吉太郎の着物に返り血があったことから、おそらく一時正気に戻った吉太郎が店を失ったことを悲観して、伊代を殺《あや》めた後におのれも命を絶ったのだろう――ということになりました」

なんとも惨《むご》たらしい幕切れで、三河屋は消えてなくなった。

心臓が早鐘のように打っている。るいは身体をいっそう縮めるようにして、震えている手を握り合わせた。――と、

いきなり、どん、と背中を叩かれて仰天した。強い力ではなかったが、その拍子に身体の中の空気がひゅっと口から漏れて、るいは大きく喘《あえ》いだ。

「大丈夫か」

冬吾がしかめっ面で彼女を見ていた。

「と、冬吾様、あの」

「念が少し残っていたようだな」

「え……」

「気分が悪いなら、店の者に言って別の場所で休んでいろ。つきあって話を聞いている必要はない」

聞く価値もない話だと、小声で吐き捨てる。

「い、いえ大丈夫です。もう平気です」

思わずそう言ってから、本当に震えが止まっていることに、るいは気づいた。たった今までただもう怖かったのが、嘘のようだ。掌で叩かれた背中が温かくなって、強張っていた身体がほっと楽になった。

「怖《おそ》ろしいことですな」

波田屋甚兵衛が、重々しく言った。周音の語りが始まってから、彼は他の旦那衆のように口をはさむことはせず、腕を組み目を閉じてじっと話を聞いていたのだ。

「いや、お見事な語りでした、周音さん」

「まだ終わっていませんよ」

ほう、と甚兵衛は組んでいた腕を解《ほど》いて、周音を見やった。

「つづきがあるのですか」

「皆さんがもうこれで十分だと仰るのでしたら、三河屋を襲った災厄の顚末《てんまつ》として、語りをきりよくここまでにいたしますが」

それはないと、すかさず座にいる者たちから声があがった。

三河屋でそれだけ人死にが出たのは、本当に祟りによるものだったのか。座敷牢があったということは、そこに誰かが入れられていたのか。その家は、そもそも誰が建てたものだったのか。

怖ろしい話であるからなおのこと、すべて聞いてしまわなければ、逆に気にかかって仕方がないと、青い顔をしながらも皆が言い立てた。

「では、できるだけ手短にすませましょう。——その家で、過去に何があったのか」

けして気持ちのよい話ではありませんよと、周音はつけ加えた。

三河屋を見舞った禍から遡《さかのぼ》って七年前のことだ。

仮に名を高井屋《たかいや》としよう。高井屋はさほど格が上の店ではなかったが、主人の与兵衛《よへえ》が大店の娘を嫁を迎えたことで、一気に間口を広げることとなった。

嫁の名はお紋《もん》と言い、与兵衛よりも年上で、すでに嫁ぎ先から二度離縁されていた。

いずれもお紋の性格に僻があるという理由からだったが、わかりやすく言えば、驕慢《ごうまん》で情というものを知らず他人を貶《おとし》めては喜ぶような悪辣《あくらつ》な女であったらしい。

そんな女を与兵衛が嫁にしたのは、当然、お紋の実家である大店との縁と金が目当てだったからである。

そしてこれまた当然、高井屋のお内儀に「なってやって」からのお紋は実家の財力を笠に着て言いたい放題のやりたい放題、与兵衛はそのお紋に対してまったく頭のあがらぬ有様だった。

それでも、与兵衛がおとなしくお紋の言いなりになったままでさえいれば、何事も起こらなかったのだろう。

お紋が高井屋に嫁いで三年が経った頃、与兵衛が隠れて妾《めかけ》を囲っていたことが発覚した。しかも相手の女は身籠もっていたのだ。与兵衛とお紋の間に子はなかった。

「くだんの家は、お紋が実家の親に頼んで建てさせたものでした。何のためかと言えば……もう、おわかりでしょう。与兵衛は仕舞屋《しもたや》を借りて妾を住まわせていましたが、お紋はそこから強引にその女を連れだし、完成した家に移して、そのまま内倉に閉じこめてしまったのです」

内倉とは名ばかり、それは端から座敷牢として造られたものだった。武家屋敷と見紛うような家の高い塀は、妾を監禁したその家に誰も容易《たやす》く出入りできぬようにするものだった。さらには屈強な荒くれ者を何人か雇い入れ、万が一にも妾が逃げださないよう見張らせていたというのだから、畏れ入った念の入れようだ。

嫉妬心からではなかったろう。お紋が与兵衛にかけらも愛情など持っていないことは、傍目《はため》にも明らかだった。ただただ、見下していた夫が実はひそかに自分をないがしろにしていたことが許せなかった、それだけのことでお紋はその歪んだ屈辱感と残忍な怒りを、相手の女へ向けたのだ。――それにしたって女を一人閉じこめるために家まで建てたというのなら、常軌を逸した執拗《しつよう》さだと言わざるをえない。

お紋の実家もその家の使い途は知っていたようで、にも拘わらず咎めもせずに金を出したというのだから、二親の人となりも知れようものだ。さらに与兵衛はといえば、よそに女を囲ったことをお紋に詰《なじ》られ罵倒され、平謝りに謝るだけだった。

つまり、哀れな女をその家から救いだそうという者は、誰もいなかったのだ。

陽の射さぬ暗い内倉に閉じこめられたまま、月満ちて女が産み落とした子供は「死産」と伝えられた。女はその一年後、着物の帯で首をくくって死んだ。

「この一件が、表沙汰になることはありませんでした。高井屋の奉公人たちがお紋の所業を知るよしはなく、女が閉じこめられた家にも下働きの者はいるにはいたが皆、口止めをされていたからです。ですからこうして私が語っていることは、かつて高井屋に奉公していた者や、くだんの家に下働きとして雇われていた者からどうにか聞きだした話を幾つもつなぎ合わせて明らかになったことと、申し上げておきます」

これが三河屋の別宅で過去に起こった出来事だと周音は言い、いったん口を閉ざした。なんと酷いという呟きが、座にいる者たちの口から漏れた。周音が最初にことわったとおり、胸の悪くなるような嫌な話だ。

「女はさぞ怨《うら》んだでしょうなあ。自分に酷い仕打ちをした者たちに、よほどの怨みを抱いて死んだに違いない」

「お紋は怖ろしい女だが、与兵衛もなんと呆れた情けない男か」

「それで高井屋は、それからどうなったのです？」

憤りと嫌悪をあらわにした旦那衆を見回してから、周音は薄く微笑んだ。ええ皆さんのお察しのとおりですよ、と。

「女が死んだ後、高井屋は度重なる凶事に見舞われました。主人の与兵衛は外出先で事故に遭い、その怪我がもとで命を落とした。奉公人が原因不明の病で次々と倒れ、その後離散したのは三河屋の時と同じです。お紋は――」

お紋は次第に言動がおかしくなり、人形のようにぼうっと座っているかと思えば、裸足で店のまわりをうろつき譫言《うわごと》のようなことを言ったり悲鳴をあげたり、という奇行を繰り返すようになった。二六時中ひどく何かに怯えている様子で、やがて真っ暗な納戸にみずから閉じこもったあげく、そこで首を吊った。髪は白く変わり果て、骨と皮ばかりになったお紋の死体は、まるで老婆のようであったという。

高井屋のみならず、お紋の実家である店も、家の見張りのために雇われていた男たちも、この一件に荷担したと思われる者すべてが、女の死後一年と経たぬうちに悲惨な末路をたどった。

「呪《のろ》いとも、祟りとも。言いようは何であれ、くだんの家には非業の死を遂げた女の怨念が残ってしまった。――死んだのちにも、女はその家にいたのです。閉じこめられていた内倉に」

女はそこにいた。真っ暗な内倉の中、その怨みとともに。

誰がそれに気づいたのかはわからない。高井屋、お紋の実家、あるいはその家で働いていた者の誰かだったのか。

いずれにせよ、内倉は封じられた。倉の扉は塗り込められ、壁となった。誰もそこには入らぬように。――あるいは、誰もそこから出られぬように。

だが、すでに遅かったのだ。凶事は終わらなかった。同情の余地はなく、彼らは相応の報いを受けたのである。

「しかし、吉太郎は内倉の中で倒れていたというじゃありませんか」

内倉は壁で封印してあったはずだ、三河屋の番頭がそう言っていたではないか。座にいる者から声があがる。

「吉太郎がみずから壁を壊したのでしょう。別宅で暮らすうち、その壁の奥に何かあると気づいてしまったのか。それとも修繕に来ていた大工が、そこに壁があるのは不自然だとでも彼に漏らしたか。いずれにせよ、吉太郎は好奇心にかられて封印を解いてしまったのですよ」

一度言葉を切って、周音は「さもなくば」とつづけた。

「女のほうで、自分を外に出してくれる者を呼んでいたか」

ならば吉太郎が別宅に移り住んでから、いやその家を買うと決めた時からすでに、壁が破られ倉の扉が開くことは、決まっていたのかもしれなかった。

凄まじいのは、祟りが女とは無関係だった三河屋にまで及んだということである。そもそも高井屋にしろお紋の実家の店にしろ、そこで働いていた奉公人たちには咎はなかったはずだ。にも拘わらず、彼らは災厄に巻き込まれた。

「女は内倉の中で首をくくった。――同じようにお紋が納戸で、吉太郎が座敷で首を吊って命を絶ったのは、果たして偶然であったのかどうか」

お気をつけくださいと周音は言って、座の面々をゆるりと見回した。

「その家は今もまだあります。場所は何処《どこ》とは申せませんが、もしこの先皆さんが郊外に家をもう一軒手に入れたいとお考えになり、そうして見つけた家が塀に高く囲まれておりましたら、けしてそこには近づかれませぬよう。一歩たりとも中に踏み入れれば、三河屋同様に身を滅ぼすことになりますでしょう。この話は聞き流してほしいと申し上げましたが、どうかそのことだけはお心に留め置きください」

そう締めくくって、周音は語りを終えた。

「よそに女をつくる時にも十分気をつけなければなりませんな」

亀田屋がわざとらしい大声で笑ったが、一緒に笑う者はいない。客たちは皆、唇までが引き攣ってしまったような顔をしていた。

気づけば、座敷に漏れ込む陽射しは長く伸びている。まだ灯りが必要な刻限ではないにしろ、夕刻はもう間近い。

その日の不思議語りの集まりは、これでお開きになった。

五

冬吾に背中を叩いてもらったおかげで、高井屋の話になっても先のような気持ちが悪くなるような怖さに襲われることはなかった。もちろん胸の中がざわざわするような嫌な話であったが、何よりるいがずっとひっかかっていたのは、くだんの娘の霊のことだった。

（八枝様だ）

高井屋のお紋に内倉に閉じこめられた女が、あの娘の言う『八枝様』なのだと、るいはいつの間にか確信していた。たとえ、誰かにはっきりとそうだと言われなくても、わかった。

でも、それではあの娘は誰なのだろう。周音の話の中には、それらしき人物は出てこなかったけれど。

「うーん？」

どういうことかしら、とるいは思う。

そもそもどういうつもりで、周音は皆の前でこんな話を披露したのか。つい先日、娘の霊がるいに取り憑いて九十九字屋にあらわれたばかりなのだ。

偶然だなんて思えない。では、偶然でないとしたら……？

それに、話の途中で冬吾が見せた困惑の表情は。

――今日はあの男が来ると聞いて出向いたようなものです。

周音の言葉を思いだし、るいはハッとした。

(もしかしたら。周音様は、冬吾様に話を聞かせようとした……？)

でもそれは何のためによと、ますます混乱して、るいが頭を抱えた時だった。

「あ痛！」

その頭を、いきなり小突かれた。

「ボンヤリするな。帰るぞ」

冬吾が傍らに立って彼女を見下ろしている。座敷を出ようとして、るいがいつまでもぼうっと座り込んでいることに気づいたらしい。

座敷にはすでに他の客たちの姿はなかった。皆、とっくに引き払ってしまったらしく、女中たちが膳の片付けを始めている。

「あ、すみません」

慌てて立ち上がったるいは、ふと目を瞬かせた。踵《きびす》を返した冬吾が、低く呟きを漏らしたのが聞こえた。

「……連れて来なければよかった」

首をかしげながら冬吾の後について階下に下りたところで、波田屋甚兵衛が声をかけてきた。どうやら冬吾を待っていたらしい。

「別の座敷に酒と料理を用意させております。語りの後はいつも皆で飲み食いするのですが、九十九字屋さんもよろしければご一緒に」

けっこうですと、冬吾は素っ気なく断った。

端からわかっていたようで、甚兵衛もしつこく誘うことはせずにうなずく。どうも、用件は他にもありそうだ。

「周音はどうしました？」先に訊いたのは冬吾だった。

「もうお帰りになりましたよ」

甚兵衛はひとつ息をつくと、それまでにこやかだった面を真顔にした。

「今日は申し訳ないことをいたしました。確かに周音さんにも、こちらの集まりに顔を見せてほしいと再々お願いはしておりました。けれどもあなた同様、いつもお断りをされていましたものですから。よりによってここで、お二人が顔を合わせることになるとは」

言ってから、甚兵衛はちらと傍らのるいに目をやった。るいに聞かせてよいのかどうか、迷う話であるのだろう。

察しのよい奉公人としては、ここは場を外すべきだ。

「冬吾様。あたし、先に外に出ていますね」

玄関に足を向けたるいの背後で、冬吾の声がした。

「波田屋さんが謝ることではないでしょう。あの男が勝手に押しかけてきただけです」

「しかし、あの話は」

「ただの嫌がらせですよ。古い話を」

いけないいけないと思いつつ、るいの足が止まりそうになる。つい、耳をそばだててしまう。

「あの一件については、私は詳しくは存じ上げません。ですが、今になってというのが気にかかりますな」

「何でもありません。あの男はそういう人間です」

「冬吾さん」と、甚兵衛は九十九字屋の主を名前で呼んだ。「私は、あなたと周音さんを子供の頃から知っています。余計なことは言うまいと思っておりましたが、あなた方が今のままで良いとは思えないのですよ」

「私はあの男が嫌いです。そして、あの男は」冬吾は一瞬言葉を切ってから、「周音は、今でも私を憎んでいます」

え、と思わず声をあげてしまい、るいは慌てて口に手をあてた。廊下でちょうどすれ違った女中が、怪訝そうに彼女を見る。急いで玄関で履物をつっかけると、るいは外に走り出た。

驚いた。互いに嫌いあっているのはわかっていたし、今日の冬吾の言動からして周音とは心底会いたくなかったのだろうこともわかる。でも、周音が冬吾を憎んでいるというのは、どういうことだろう。

幼なじみが仲違《なかたが》いしたくらいにしか、るいは考えていなかったけれど、事はなんだかもっと深刻そうだ。

玄関の前に佇《たたず》んで首を捻っていると、たいして間を置かずに冬吾が出てきた。足早にるいを追い越し、さっさとそのまま通りへ出ていってしまったので、

「わ、冬吾様、待ってください！」

るいは急いで後を追った。


神田川の北側の、とくにこの界隈は大きな武家屋敷が多い。両側に高い壁がつづく武家地の路地を、冬吾は足取りを緩めることなく進んでいく。見るからに不機嫌そうなので声をかけることもできないまま、るいは小走りでそれに従った。

と、角をひとつ曲がったとたんに、冬吾が立ち止まった。あまりに唐突だったので、すぐ後ろにいたるいはそのまま彼の背中にぶつかってしまい、「痛たた」と鼻をおさえる羽目になった。

「急に止まらないでくださいよぅ」

立ち竦んだ冬吾の背後から、何事かと首を伸ばして前方に目をやったるいは、あっと声を漏らした。

「周音様」

ひとけのない路地の中ほどに、周音が立っていた。こちらを向いて小さく笑みを浮かべている。

両国橋に向かうには、来た時と同じこの経路で神田川へ出て、川沿いの道を辿《たど》るのが一番早い。周音がるいたちよりもずっと早く料亭を出ていったことを思えば、ここで冬吾を待ちかまえていたのは間違いなかった。

冬吾は無言で踵を返すと、来た道を引き返そうとした。またもぶつかりそうになり、るいは慌てて一歩飛び退《の》く。

「逃げるな」

周音が一言、放った。

冬吾の足が止まる。忌々しげに舌打ちすると、ふたたび周音に向きなおり、今度は荒々しくそちらに足を進めた。

「どういうつもりだ？」

周音の前に立って、はっきりと詰る口調で言う。

「何がだ」と、周音のほうは平然としたものだ。他人に対する柔らかな物言いとは打って変わって、こちらも棘《とげ》を含んだ口ぶりである。

「さっきの話だ。何を考えている」

「ただの怪談話だ。あの連中にとってはな。きわどい部分には触れていない」

「波田屋は怪しんでいたぞ」

「それは仕方がない。あの人は先代と親交があったから」

「ぬけぬけと」

「おかげでおまえと、こうして話ができる」

「なんだと？」

「私は九十九字屋に近づくつもりはないし、文を送ったところでおまえは読みもしないだろう。こうでもしなければ、おまえが面と向かってこちらの言うことに耳を貸すとは思えなかったのでね」

ふざけるな、と冬吾は唸った。手を伸ばし、周音の胸ぐらを乱暴に掴み取る。

「昔からおまえは、こちらが嫌がることをあの手この手でやってのける奴だった。ずいぶん苛《いじ》められたものだ。おまえのことだ、どうせ今回も面白がってしたことだろう」

「心外だな。私がおまえのために、わざわざこんな手の込んだ嫌がらせをしたとでも？」

「違うというのか」

周音は口の端で笑った。実際、面白がっているようにも見える。

「呑気《のんき》なものだ。おまえも気づいていないはずはなかろうに。――少し前に、おコウがやって来た。そちらにも姿を見せたのだろう？」

ハッとしたように冬吾は指の力を緩めた。おのれの胸ぐらにあったその手を、周音は払いのける。

「あれから二十年以上が過ぎて、先代の力も効力がなくなったということだ。このままならまた、人死にがでる」

「それをどうにかするのは、おまえの役目だろう。私はもう係わるつもりはない」

「おまえにそのつもりがなくとも、相手はどうだろうな」周音の表情から笑みが消える。

「おコウはあの時と同じことを繰り返そうとしている。こちらへ来ておまえがいなかったから、おまえを追って九十九字屋に姿をあらわしたんだ。おまえはあやかしの類に甘すぎる。またつけこまれでもしたら――」

わずかな間を置いて、周音は無表情に言葉を継いだ。

「もう助けてくれる者はいないぞ」

少し離れて遣《や》り取りを聞いているるいには、こちらに向いた冬吾の背中しか見えない。その肩が、ぴくりと強張ったのがわかった。

「……行くぞ」

やがて冬吾は押し殺したような一声をるいに投げると、周音の横をすり抜けた。

冬吾、と周音が声を尖らせる。

「まだ話は終わっていない」

「知るか！」

すでに冬吾は歩きだしていた。早く来いと言われ、慌ててるいは彼を追いかける。周音の横を小走りで通り過ぎようとした時だった。

「やはりな」

周音の呟きが耳に届いた。え、と思わず足を緩めたるいは、次には目を見開いた。

滑るような動きだった。周音はするりとるいの目の前を右から左に横切って、次の瞬間には路地の壁の前に到達していた。

「そこか！」

掌で、ばんっと壁の面を叩く。

「ぐえっ⁉」

ちょうどそこに潜んでいた作蔵が、悲鳴をあげた。まるで押し出されたように頭部をぬうっと壁から突きだして、目をむいた。

「なな、なにしやがるっ！」

「このあやかしめ！」

周音は片手で作蔵の首を摑むと、ぐいと絞め上げた。

「うぎゃあ！」

作蔵はもがいて逃げようとしたが、どういうわけか身動きができない。人並みの体格でしかない周音が、さほど力を入れているようにも見えないのにだ。

「どうもおかしな気配がすると思えば。この娘に憑いていたのか。化け物め、この場で消し去ってくれる！」

「ちょ、ちょっと！」

呆然《ぼうぜん》としていたるいは、そこでようやく我に返って、周音にしがみついた。

「やめて、やめてってば！」

しかしあっさり振り払われて、地面に尻餅《しりもち》をついてしまう。周音が空いたほうの手で、懐から札を取りだした。踵を返して駆け寄った冬吾が、その手を掴んだ。

「やめろ、周音」

「化け物に情けをかける気か。あやかしに情は通じないと、あれほど」

「おまえこそ、なんでもかんでも見境なく祓《はら》うその癖をなんとかしろ」

「だから甘いと言うんだ。そのせいで何度も死にかけておきながら、まだ懲りていないのか」

「幾つの時の話だ！　子供の頃のことをいつまでも――」

二人が揉み合っている間に、るいは立ち上がった。

「コンのぉ！」

腹の底からカッカしながら、るいは周音に飛びかかった。まだ作蔵の首を捕らえたままの周音の腕を両手で掴んで、袖の上からえいっとばかりに嚙みついた。

「うわ!?」

さすがにたまらず、周音は札を取り落として腕を押さえた。その隙に作蔵はげほごほと咳き込みながら、水に逃れた魚のごとくに壁の中に消えた。

「何をする!?」

噛まれたところを撫でながら、痛みよりも驚きの勝った顔で周音はるいを見た。るいはそれを憤然と睨み返し、

「それはこっちの台詞だよ！　あんた、うちのお父っつぁんに何てことをするのさ！」

「おと……」

周音はそこで黙り込んでから、壁とるいを交互に見やった。

「父親だと？」

「そうだよ。うちのお父っつぁんは妖怪『ぬりかべ』なんだ！」

ぬりかべ、と繰り返して、周音は今度は冬吾を見る。言いたいことはわかるので、冬吾は深々とため息をついた。

「本当のことだ。言っておくが、父親は妖怪でも、娘のほうは人間だぞ」

お父っつぁんは道で足を滑らせて壁に頭をぶつけていっぺん死んだけど、そのまま壁の中に魂が残ってそれで妖怪になっちまって——と、るいは作蔵が『ぬりかべ』になっ

た経緯を一息にぶちまけた。

「それでも、あたしのたった一人のお父っつぁんなんだから！　たとえ壁の化け物だろうと、あんたに文句を言われる筋合いはないさ。二度とお父っつぁんにひどいことをしたら、許さないからね！」

鼻息荒く拳を握ってみせたるいを、まじまじと見つめてから、「人に危害を及ぼすモノではないのか？」と周音は問うた。

「お父っつぁんはとんだ迷惑者だけど、他人様に悪さは絶対にしないよ！」

「わかった」

周音は地面に落ちた札を拾い上げ、懐に入れた。

「まさか父親だとは思わなかったのでね。害がないというのなら、手は出さないことにしよう」

なんだかムッとする言い方だと、るいは思った。まるで、この人が害があると見なせば、お父っつぁんだろうが他のあやかしだろうが容赦はしないとでも言っているみたいだ。

「それにしても、まさか噛みつかれるとは思わなかった」

「謝りませんよ。そっちが悪いんです」

つんと横を向いたるいを、束の間考え込むように見つめてから、周音は冬吾に向きなおった。

「この娘にはちゃんと全部、説明しておくことだ。今日、私が皆の前で語った話には、つづきがあるということをな」

（つづき？）

そっぽを向いていたるいは、顔をもとに戻して冬吾と周音を見た。そうして、あれっと思った。

（なんだかこの二人って……）

こうして並んで立っていると、どことなく似ているような気がする。雰囲気も容貌も違うのに、それでもどこか、共通するところがあって――。

「よけいなお世話だ」と、今度は冬吾が横を向いたところに、

「この娘はすでに巻き込まれているぞ。おコウは必ずまたあらわれる。さっさと手を打たなければどういうことになるかは、おまえが一番よくわかっているはずだ」

ふふんと鼻で笑うようにして、周音は言う。

そうそうこの笑い方なんかも似ているわと、るいはこっそりうなずいた。こういう、相手を見下ろすようにして嫌味っぽく笑うところ。冬吾様も時々やるわね。

「……どうしろと」

「もう一度あの女を封じるか、今度こそ消し去るかだ。話をする気があるのなら、こちらを訪ねて来い」

「私に手を貸せというのか」

「馬鹿を言うな。私の役目と言ったが、そうじゃない。これは、おまえが片をつけることだ」

きっぱりと言うと、冬吾に摑まれて乱れた襟元を整え、周音は背中を向けた。

周音の姿が路地から消えた後に、冬吾はひとつ、深く吐息をついた。

作蔵、と呼んだ。

「大丈夫か」

おう、と少々しわがれた声が壁から返った。顔を出す気にはなれないらしい。

「なんでぇ、あいつは。驚いたのなんの、今度こそ成仏するかと思ったぜ」

ぶつぶつと悪態をつく。

「悪かった。あいつはあやかしに対しては手加減がない。子供の頃からそうだった」

「だからって、ひどいですよ」と、るいは口を尖らせる。「あやかしにしてみれば、出会い頭に刀でばっさりやられるようなもんじゃないですか」

そういえば「抜き身の刀を引っ提げているように見えた」と、作蔵は以前に周音をそんなふうに言っていたが、まさにその通りだ。

「お壱さんはあの人と一緒にいて、大丈夫なのかしら」

「ああ。お壱は身内のようなものだからな」

ならいいけどと、ひょっとこみたいになっていた唇を引っ込めてから、るいは首をかしげた。

「冬吾様、あの娘……あたしに取り憑いたあの幽霊は、おコウっていう名前なんですか？」

「……そうだ」

「それであのぉ、あたし、何に巻き込まれたんですか？」

るいを横目で見て、冬吾はまた長々と息をついた。

「帰ってから話してやる。今ここでというわけにはいかん」

長い話だと、呟くようにつけ加えた。

「護符は持っているか？」

「はい」

懐に手をあてて、るいはうなずいた。

「いつも身につけていろ。前にも言ったはずだが、おコウをもう一度見かけたら係わりにならずにすぐに逃げろ。何を言ってきても、心を動かすな。——今言えることは、それだけだ」

「はあ。わかりました」

訊きたいことは山ほどあるが、今は黙るより他なさそうだ。

空気がひやりと肌を刺す。夕暮れが近い。急いで帰らなければ、店に着く前に暗くなってしまう。

冬吾の足取りは先ほどよりもずっと緩やかで、るいは小走りにならなくても一歩退いて彼についていくことができた。

歩きながらるいは、今日の出来事を思い返していた。周音から聞いた木戸を潜って姿を消す娘の話。三河屋と高井屋を襲った禍のこと。冬吾と周音の遣り取り。

「冬吾様」

大川を渡り、繁華な両国橋の東詰を抜けたところで、ついに辛抱できなくなって口を開いた。

「冬吾様が祈禱師《きとうし》を嫌っているのは、周音様のせいですか？」

冬吾は肩越しにるいを見た。

「祈禱師を嫌っている？　私がか」

「あたしがいっとう初めに九十九字屋に行った時に、似非者《えせもの》がほとんどだとか、ずいぶんなことを仰っていましたから。そうなのかなって」

そんなことを言ったかと、冬吾は呟いたようだ。

「子供の頃から、祈禱の真似事で金をとる連中を目にする機会が多かったからな。――周音は本物だ。厳密には祈禱師とは違うが、少なくともあやかしに係わる者としてはちゃんとした力を持っている」

だからなおのことたちが悪いんだと、冬吾は吐き捨てた。

「お二人は、子供の頃は仲が良かったんですか？」

後で話してくれると言ったのだから、それくらいは訊いてもいいかと思ったのだが、どうやら一番口にしてはいけないことだったらしい。とたんに足を止め、振り向いた冬吾の表情は、ぼさぼさの前髪と眼鏡に半ば隠れていてもはっきりそうとわかるくらい、

（わあ、すっごく嫌そうな顔）

になっていた。

「私と周音がか？　なぜそんな話になる」

「なんとなく……冬吾様も周音様も、お互いのことをとてもよく知っているみたいだったので」

冬吾はあやかしに甘いとか、周音は逆にあやかしに対しては容赦がないとか。――まあ、その時点ですでに気は合わなそうだが。

「仲が良いのと、相手を知っているというのは別だろう」

「あ、そうですね。たまたま家が近所だったとか、手習い所が一緒だったとか、そういうこともありますよね。どう見ても周音様のほうが年上だし。……すみません、おかしなことを言いました。もう訊きません」

あたしったらまたうっかり余計なことを言っちゃったわと思いつつ、るいは歩き出す。が、冬吾は動かない。

「冬吾様？」

なんとも言えない苦り切った顔で、冬吾はぼそっと言葉を吐いた。

「周音は、私の兄だ」

「はあ、兄。……兄？　え、お兄さん⁉」

仰天したあまり、るいはその場に立ち尽くした。

「えええぇぇ――？　周音様が⁉　冬吾様のお兄さん⁉　……ということは、冬吾様は周音様の弟で、つまりお二人は兄弟なんですか⁉」

「だから、そう言っている。まったくありがたくないことに、私と周音は兄弟だ」

「に、似てませんね」

目を真ん丸くしたまま、るいはとっさにそう口走った。

確かに、二人が並んだらどこか似ているとは思った。が、それは顔かたちのことではない。顔はまったく似ていない。もし両者が血の繋がりを思わせる顔立ちをしていれば、いくらるいでももっと早くに気づいていたはずである。

「子供の頃から似ていないと言われていた。周音は父方に似ていて、私は母方に似ているそうだ」

「あの、それじゃ、冬吾様のお父さんは辰巳神社の神主様……!?」

「父は十年ほど前に他界した。それで、周音が神社を継いだんだ」

どうしてだか今まで、冬吾に家族がいるとはるいは考えもしなかった。これまで冬吾が、一言も身内の話をしなかったせいもある。

でもやっぱりそれは、るいが冬吾を上っ面の部分でしか知らなかったからだ。九十九字屋に奉公して、そろそろ一年になろうというのに。

(本当にあたし、冬吾様のことは何も知らなかった)

兄弟がいたなんて。辰巳神社の神主の家系だったなんて。……多分、そのことを口にはしたくない理由があった、ということも。

「私は十一の時に、九十九字屋の養子になった。九十九字屋の先の店主は実家の佐々木家とは遠戚で、子供がいなかったのでな」

どうして、とは訊けなかった。いつの間にか冬吾は歩きだしており、言葉は傍らにいるるいに向けてではなく、低い独り言のように聞こえた。

「実家とはその時に縁を切った。以来、一度も猿江町には足を向けていない」

竪川《たてかわ》を渡り、六間堀へ。堀の水面にはすでに薄闇が溜まっている。その上に架かる橋を三つ過ぎれば、九十九字屋まではすぐだ。

堀に沿って歩いていると、夕闇の中から風が吹いて、ふわりと梅の香が匂った。どこに梅の木があるのだろうとぐるりと視線を巡らせて、るいは「あら」と目を瞠った。堀をはさんだ対岸の道を、『九十九字屋』の文字が入った提灯がやって来るのが見えた。ナツだ。二人の戻りが遅いので、迎えに来たのだろう。

「ナツさん！」

手を振ってからそばの橋へと駆け出そうとしたるいを、冬吾が引き留めた。

「おまえは、今日はこのまま筧屋へ帰れ」

「え、でも」

「話は後日だ。筧屋までナツに送ってもらえ」

「いいですよ、そんな。筧屋はすぐこの先ですもの。まだ真っ暗なわけじゃないし」

「今日だけじゃない。当分、暗くなってからは一人で外を出歩くな」

真剣な口調で言われて、るいは目を瞬かせた。

「それは……あの娘の霊がまた来るかもしれないからですか？」

そうだと冬吾はうなずいた。

「前におコウがあらわれた時には、私の母が死んだ。私がおコウに係わってしまったせいだ。――周音が私を目の仇《かたき》にするのはそのせいだ」

言葉を失ったるいを残して、冬吾は一人で橋を渡った。ちょうどナツも橋のあちら側の袂にたどり着いたところで、それに二、三言何か声をかけてすれ違った。

「何かあったのかい？」

るいのもとにやって来たナツが、首をかしげた。

「あんたと一緒に筧屋へ行って、お内儀に今晩は飯はいらないと伝えてくれとさ」

「……今日、周音様と会って」

そういえばナツは周音を知っているのかと思ったが、「ああ、そうかい」とだけナツが返事をよこしたところをみれば、るいの言葉で事情を察したようだった。

「じゃあ、筧屋に行こうか」

ナツが提灯で行く手を指す。うなずいて歩きだしながら、るいは対岸を見た。夕闇の中、早足で遠くなってゆく冬吾の姿に目をこらした。

なんだかもう、本人が話したくない話なんて、聞かなくてもいい気がしてきた。それよりも明日顔を合わせた時に、冬吾がいつもどおり自信たっぷりに威張りんぼで愛想なしで口の悪い人に戻っていればいいと、るいは大きなため息をついて思ったのだった。

第三話

あやかし行灯

一

「おい」

店の前で掃き掃除をしていたるいは、二階から下りてきた冬吾に声をかけられて、ぴしりと緊張した。

「はい、お茶ですかっ？」

「……ああ」

「ただ今お持ちしますっ」

箒《ほうき》を放り出して台所へ駆け込み、湯を沸かす。茶を注いだ湯呑みを盆に載せて座敷に運んでいくと、冬吾はひどく難しい顔で座っていた。

「どうぞ」

茶を出してから、さて掃除に戻るべきかこのままここにいるべきかるいが迷っていたら、冬吾は深いため息とともに言葉を吐き出した。

「あのな」

「は、はいっ」

「……少しばかり散歩をしてくる」

結局、湯呑みには口をつけずに冬吾は出ていった。

(ああもう、落ち着かない)

仕方がないので冬吾が残した茶を代わりに一息に飲み干して、今度はるいがため息をつく番だった。空の湯呑みを台所に戻し、土間の上がり口に腰を下ろすと、自分の頬をむにっと摘んで引っぱった。

(こんなのがつづいたら、顔が強張っちまうわ)

波田屋甚兵衛が主宰する不思議語りの会から、三日が過ぎていた。帰り道、話は後日にすると冬吾は言っていたが、結局るいはまだ何も聞かされていない。

何度か冬吾が話しだそうとする素振りはあったが、口から出てくるのは関係のない用事ばかり。きっかけが摑めないでいるのか、話すことをよほど躊躇《ためら》っているのか。そんなに話したくない内容なら話さなくてもいいのにと思うものだから、ついついるいのほうも身構えてしまう。おかげで冬吾と顔をあわせる度に、なんだか態度がぎくしゃくしているのが、自分でもわかるのだ。

いっそのこと、るいのほうから水を向けてみたほうがよいのかもしれない。そうでなければ、断固として「あたしは何も聞きたくありません」とでも言うべきだろうか。

「どうしようかなあ」

だってどっちも奉公人の身としては出過ぎたことのような気がするものと、るいが悶々《もんもん》としていると、背後から「何がだい？」と声がかかった。振り向いたら、いつの間にやら三毛猫が座敷にいて、すました風情で顔を拭っていた。

「ナツさん」

るいが目を瞬かせた、文字通り一瞬の間に猫は女の姿に変化すると、気怠《けだる》げに洗い髪を背に払った。

「まったくあんたといい、冬吾といい、一体どうしちまったんだい。ここのところ、お互いに目もあわせないじゃないか」

作蔵に訊いても要領を得ないしねえと、ナツは首を振った。

「それは、冬吾様が――」

言い差して、ナツは何をどこまで知っているのだろうとるいは思った。あの不思議語りの日に起こった出来事をナツにすべて話して説明するとしたら、ずいぶんと時間がかかるに違いない。

何度も首を右に左にかたむけて思案してから、るいは思い切ってナツに尋ねた。

「あの……ナツさんは、冬吾様と知り合ってどれくらいになるんですか？」

なんだいいきなりと、ナツは猫の時と同じように目を細める。

「かれこれ二十年近くになるかね。冬吾がこの店に養子にきた、まだほんの子供の時から知っているよ。あたしはもともと、九十九字屋の先代の主人と親しくなってここに居付いたようなものだったからさ」

九十九字屋の先代は、名をキヨといった。養子を迎えた時すでに、齢八十になろうかという老婆だったという。

「キヨは若い頃に連れあいを亡くして、子供もいなかった。でも店の跡取りの問題があるから、再婚話や養子をとる話は何度もあったらしいよ。ただ、どれもうまくはいかなくて、結局その歳まで一人で店を守っていたんだ」

どうしてと首をかしげたるいを見やって、

「こういう場所だからね。再婚相手も、養子にするのも、誰でもかまわないってわけにはいかないさ。適当な者が見つからなかったってことだろう」

　さらりとナツは言う。が、るいはいっそうわけがわからなかった。

「こういう場所って……？」

「あんただって知ってるじゃないか。この店に来る客は限られている。誰彼かまわず入ってこられるわけじゃない」

　九十九字屋に来るのは、あやかしと係わりを持った人間だけだ。店が商品として扱う『不思議』とは無縁に平穏に暮らしている人々は、ここに店があることにすら気づかずに前を素通りしてゆく。そればかりでなく、九十九字屋のある路地に踏み込んだとたんに、なんともいえない嫌な心持ちになるものらしい。

「でもそれは、ええと、客以外の人には目眩《めくら》ましの術にかかるとか、魔除けならぬ人除けの札が貼ってあるとか、そういうものだと思えと冬吾様が言ってましたけど」

「そりゃまあ、そういう仕掛けは古くからあるさ。ここは、この九十九字屋が建っている土地は、人が無防備に入り込んでいい場所じゃないからね」

　また、場所だ。人が入り込んではならないって、どういう意味だろう。

「あやかしはかまわないんですか？」

「ここは、土地そのものがあやかしみたいなものだから」

え、とるいは目をむいた。

「土地に強い力が宿っているというか、奇妙な力が働いているとでも言えばいいのかね。ともかく、特別な場なんだ。そういう場所は江戸に幾つもあって、昔から管理している人間はちゃんといる」

たいていは社のある場所だとナツは言った。そういった土地の持つ力というのは、人間にとって薬にもなれば、毒にもなる。良いものも悪いものも引き寄せてしまうからだ。

「深川でもこのあたり一帯がどういうところかは、聞いたことがあるかい？」

「確か、深川発祥の地なんですよね」

不思議語りの日の笠置屋の言葉を思いだしてるいが言うと、ナツはうなずいた。

「深川を拓いて名主になった深川一族は、この場所の力を引き出してうまく利用する方法を心得ていたのだそうな。おかげで勢いがあったのだけど、初代の八郎右衛門から代替りするうちに、だんだんと力を御しきれなくなっちまったんだろうね。一族の人間の身にも何かと障りが出るようになって、それでここから手を引いて、猿江町へ移ったんだって聞いているよ。その時に、ここにあった辰巳神社も一族と一緒にところ替えをしたってわけさ」

「え、辰巳神社って、もともとはこの場所にあったんですか⁉」

るいは驚いて言った。

「それは知らなかったのかい？」

「この辺りのどこかだとは思っていましたけど」

「言ったろ、特別な力のある場所には、たいてい社が建っているって」

でも、とるいは首をかしげた。

「それだったら、辰巳神社までよそに動いたら都合が悪いんじゃ……」

「神社のままでいるほうが都合が悪かったんだろう。なにしろ神社ってのは、お参りやら行事やらで人が集まるところだからねえ」

「え、え……？」

きょとんとするるいを見て、ナツは苦笑する。立ち上がると、座敷から土間に来て、るいの隣に腰を下ろした。そうして少しばかり声を低めて、

「なんでも、ここの土地の力は他の場所と比べても格段に強いんだそうだ。強すぎる力

ってのは、人にとっては禍になる。その人間が本来生きるはずの道筋を歪めちまうくらいにね。だから神社の跡地は、人が容易く踏み入ることができないよう、幾つも仕掛けを施して封印しなきゃならなかったってわけさ」

辰巳神社の神職の家系は二つに分かれ、一方は土地の封印のためにこの北六間堀町に留まり、もう一方は深川一族とともに猿江町に移ったのだとナツは言う。

「ナツさんは、どうしてそんなことを知っているんですか？」

ふと疑問に思って尋ねると、ナツは喉の奥で笑った。

「そりゃあ、人よりはよく知っているさ。あやかしっていうのは、人間の何倍も寿命があるからね」

「はあ」

ナツの年齢を訊いてみたい気もしたけど、確か深川一族が猿江町に移ったのは百五十年前というのを思いだして、そら怖ろしくなったのでやめにした。

「これでわかっただろ。キヨの再婚話も養子を迎えるって件も、うまくいかなかった理由がさ。この場所で生まれて育ったキヨと違って、並の人間じゃ一時なら平気でもここで長年暮らしていくことは無理なんだ。土地の毒気にやられちまうし、何より九十九字屋を継ぐということはこの場所を封印するお役目を受け継ぐということだからね」

「冬吾様はおめがねに適ったってことなんですね」

「そういうことさ」

なるほどそうかとうなずいているるいを見て、ナツは面白そうに目を細めた。

自分がこの店で奉公していられる理由については、るい本人はさっぱり気づいていないらしい。――他の人間よりもよほどあやかしに慣れていて、土地の力に負けないくらい元気で、およそ心に翳《かげ》りがない。冬吾に言わせれば能天気で大雑把ということだが、そういう人間だから、るいはこの場所にいても平気で過ごしていられるのだ。

「だけど、人を寄せつけないようにするっていうんだったら、どうして神社のあとに店なんて開いたのかしら」

人が来たらまずい場所で、わざわざ人がこないとまずい商いをするなんて、矛盾しているわとるいは思う。

「なにも端から客商売をしていたわけじゃないよ」

「そうなんですか？」

「もとはただの一軒家を建てたはずだったんだが、なにせあやかしだって引き寄せてしまう場所だからね。ここに住んでいるだけでその類の相談事がやたら持ち込まれてくるものだから、いつの間にか商売になっちまったんだ」

キヨの親の代にはもう店になっていたねとナツは言う。

るいは「ううん」と唸って頭を抱えた。

「なんだかすごい話ですねえ」

正直なところ、この場所のいわくを聞いたところでそういう感想しか出てこないるいである。

(ところであたし、何の話をしていたんだっけ？)

あ、冬吾様のことだったと、るいは座ったままナツのほうに身を乗り出した。

「ナツさんは、周音様と会ったことはありますか？」

「そりゃあるけどさ。なんだい、一体」

「周音様は冬吾様のお兄さんだって聞いたものだから」

ナツは寸の間、るいを見つめてから、

「一度会っただけだよ。先代の神主が死んで、キヨに代替わりの挨拶をしに来たんだ。まあ、素《す》っ頓狂《とんきょう》な男だね、あれは」

「はあ、素っ頓狂」

とりあえず周音に対する印象の中にその言葉はなかったので、るいは目を丸くした。

「あたしを見るなり、化け物祓ってやるとか言いだしたからさ、横面を思い切り引っぱたいてやった」

「うわあ」

そういえばお父っつぁんもうっかり祓われちゃうところだったわ、とるいはしかめっ面になる。でも、あの取りすました周音がナツに啖呵《たんか》を切られてどんな顔をしたのだろうと思うと、ちょっと可笑《おか》しい。

「あれは冬吾とは水と油だね。気が合わないのも仕方がない。冬吾が闇のほうを見ている時に、周音はお天道様を見上げている。冬吾はあやかしに情を持つが、周音は問答無用で排除する。まあ、持って生まれた気質の違いもあるのだろうけど」

「兄弟なのに、そんなに違うものなんですか」

「兄弟だからこそかもしれないよ」ナツは小さく笑った。「もともとの性格ばかりでなく、周音がそうならざるをえなかった理由も、ひょっとしてあったんじゃないかねえ。少なくとも人の側にしてみれば、正しいのは周音のほうだ」

わかるようで、わからない。るいは考え込んだ。周音はあやかしに容赦がない——そうならなきゃいけなかった理由って、何だろう。

「そういう人間だから、周音はこの場所とは合わなくてね。人ではないモノとも折り合いをつけられるようでなければ、ここにはいられない。本人にもそれはわかっていたんだろう。周音はそれきり二度と九十九字屋には来ていない」

北六間堀町と猿江町。同じ深川にありながら、そこは兄弟が互いに行き来することのない遠い、遠いところなのだ。

「でも、あの……冬吾様と周音様が仲が悪いのは気が合わないだけ、じゃないですよね」

るいがおずおずと訊くと、ナツは「そうだね」とやんわりと言った。

「詳しいことはあたしも知らないけれど、少しくらいは聞いているよ。話そうか？」

いえ、とるいは急いで首を振った。

「冬吾様から聞きます。冬吾様が話したくないことなら、あたしも知らなくていいです」

自分のせいで母親が死んだと、冬吾は言っていた。だから周音は彼を目の仇にするのだと。――何があったにせよ、それが冬吾にとって悲しくなかったわけがない。

　そうかいと、ナツはうなずく。

「これだけは言っておくけど、冬吾はここに養子に来て不幸だったわけじゃないとあたしは思うよ。キヨは冬吾を、自分の子か孫みたいにそれは可愛がったから」

　冬吾に眼鏡を与えて、視界からあやかしの姿を遮断する方法を教えたのもキヨだったという。九十九字屋に来た頃の冬吾は、体格もやせっぽちで貧相で、神経質で、何日かに一度は熱を出して寝込むような子供だった。

「生家にいた時からそういう質だったそうだ。放っておいてもあやかしが寄りつく体質で、けれども子供だから対処の仕方も何もわかっちゃいなかったんだろうね。それで毒気にあてられて、ますます身体を弱くしちまってた」

　キヨはあやかしとの付き合い方を、丹念に冬吾に教えた。身体が強くなるよう、食事にも気を配った。それればかりでなく、人の多い場所に馴染めず手習い所にもなかなか行けなかった冬吾は、読み書きはもちろん、人生における様々な知識をキヨから学んだのだ。

「おかげで冬吾はこの店と筧屋を継ぐ頃にはすっかり一人前の男になっていたけれど、

キヨはいつまでも小さな子供みたいに冬吾のことを案じていたよ。それこそ死ぬ時までね」

「そうだったんですか」

胸の中が、ほのぼのと温かくなる。

(きっと冬吾様、そのキヨさんて人には頭があがらなかったんでしょうね)

立派な大人になっても子供みたいにキヨに世話をやかれて困った顔をしている冬吾の姿を思い浮かべ、るいはくすくすと笑った。そうしたらこの数日感じていた重ったい気分が、少し軽くなったような気がした。

二

その二日後のこと。

九十九字屋に、一人の客がやって来た。

「ここでいわくつきの品を買い取ってくれると聞きましてね」

客はお七《しち》と名乗った。痩せて顔色の悪い、ぎすぎすとした感じの中年女である。継ぎこそあたってないが、古着屋を何度も出入りしたような粗末で地味な色合いの着物を着ている。持っていた風呂敷包みを解くと、中からあらわれたのは行灯だった。

凝った彫刻が施されているわけでなし、特に上等な材質が使われているのでもない。そのへんの長屋の住人でも容易く手に入れられそうな、言ってみれば何の変哲もない置き行灯だ。

「亭主が昔、古道具屋で買ってきたものなんですよ」

話しはじめたお七と、その前に座って聞いている冬吾に茶を出して、るいは盆を持ったまま少し離れたところに腰を下ろした。

お七の亭主の三郎は、指物《さしもの》の職人だったという。だった、というのはちょうど一年前に風邪をこじらせて死んだからだ。

「近所の口さがない者の中には、あたしら夫婦を、名前にひっかけて『人三化七《にんさんばけしち》』だなんて笑う者もおりましてね。さすがにそれについちゃ腹に据えかねて、相手のところに怒鳴り込んでやりましたよ。そりゃあたしはこのとおりの不器量だし、亭主も陰気で無口でお世辞にも美男と言えたもんじゃありませんでしたけど、冗談でも言っていいことと悪いことってのがあるじゃないですか。ああ、嫌だ、ああいう他人を貶《おとし》めて喜んでいる連中ってのは、性根の卑しさが透けて見えるようで」

こちらが訊いてもいないことを、井戸端の愚痴か何かみたいにつけつけと言い立てる。住んでいるのは竪川は三ツ目橋《みつめのはし》のそばの長屋だというが、察するにお七は近所の住人とはうまくいっていないのだろう。

「それで、この行灯にはどのようないわくがあるのですか」

冬吾は素っ気なく用件を促した。例によって前髪と眼鏡で表情は隠れて見えないが、早々にうんざりしているのがるいにはわかる。

「死んだ亭主が化けて出るんですよ」

お七は傍らに置いた行灯を横目で見て、ふんっと盛大に鼻を鳴らした。

「こんな物でも、あの人なりに思い入れがあったんでしょうよ。壊れているのをタダ同然の値で店から買ってきて、自分で修繕して使っていましたから。それで、死んでも成仏もせずに、この行灯に取っ憑いちまったんです」

（えぇ？）

るいは三郎が取り憑いたという行灯に目をこらした。が、幽霊の姿は見えない。

（普通の行灯みたいだけど）

同じことを思ってか、

「どうしてご亭主が取り憑いたとわかったんです？」

眼鏡を外して行灯を一瞥し、すぐにまたもとのように掛けなおしてから、冬吾は尋ねた。

「そりゃ、わかりますとも。なにしろ、誰も手を触れないのに勝手に明かりが灯るんです。ええ、この行灯がね。火も入れないのに、ぼうっと明るくなるんですよ。誰だっておかしいと思うじゃないですか。しかもそうなったのは、亭主が死んでから後のことですからねえ。それまでは、そんな気味の悪いことは、一度だって起こりゃしなかったんですよ」

はじめのうちは気づかなかったと、お七は言った。お七の家にあるのはこの行灯ひとつきり、暗くなれば当たり前に火を灯して使っていたのだから、勝手に明るくなるところなど見かける機会もなかったのだ。

そればかりではない。三郎が存命の頃からお七は洗濯屋の内職をしていたが、一家の男手を失ったとあってはその仕事が生活を支えるための稼業となった。朝早くに起き出して、寺や男所帯を回り洗濯物を引き受ける。夜は油の節約のために早々に床《とこ》につく。

昼間の疲れもあって、いったん寝つけばお七が朝まで目をさますことは滅多にない。

だから、お七が行灯の怪異に気づいたのは、三郎が亡くなってようようふた月も経ってからのことだったらしい。

「どういうわけか、夜中にぱっちりと目がさめちまいましてね」

すると部屋の中が妙に明るい。見れば行灯がぼうっと光っている。火を消し忘れてそのまま寝てしまったのかと慌てたが、よく考えればそんなはずはなかった。その夜もちゃんと明かりを消して、部屋を真っ暗闇にしてから寝たのをおぼえていた。

「狐につままれたような気分で、ともかく行灯を消そうと油皿をのぞきこんだとたんに、ぎょっとしました。だってねえ、火なんか端からついちゃいなかったんです。ええ、火もないのに行灯が光ってたんですから。もう、驚いたのなんの」

行灯の明かりはそれから四半刻ばかりして、何事もなかったように消えたという。

その後も同じことは起こった。夜中に行灯が勝手に明かりを灯す。お七が気づいただけでも月に四、五回。実際はもっと多いのかもしれないが、それ以上は数えていないとお七は言う。

「つきあっちゃいられませんよ。こっちは毎日身を粉にして働いて、くたくたなんですから。そりゃあ最初のうちは怖いとか気味が悪いとか思いましたけどね、そのうちだんだん慣れてきちまって。行灯が夜中に勝手に灯ったところで、こっちが目をさまさなきゃ障りがあるでなし」

まったくあの人も何の未練があるんだかと、お七は言葉を吐き捨てた。

「生きている時もろくすっぽ口をきかないで何を考えてるのかわからない人だったけど、死んだらなおさらわかりゃしない」

なるほど確かに『不思議』だと、るいは思った。

（独りでに明かりを灯す行灯、ねえ）

「しかし、そばに置いておいても障りがないものならば、わざわざ売る必要はないと思われますが」

それも今になってだ。怪異に気づいた後、お七はそれから何ヶ月も行灯を手元に置いていたのだから。

店主の言葉に、お七は大きくかぶりを振った。

「ええ、あたしだけならね。障りもへったくれもありゃしませんよ。でも問題は、娘のことなんです」

お七には、この年十八になるお仙《せん》という娘がいるという。

「あたしが言うのもなんですけど、これがまあ器量のよい娘でしてね。またぞろご近所が、トンビが鷹を産んだだの、掃き溜めに鶴だのと言い立てるほどで。まあ、それにつけいちゃ怒鳴り込んだりはしませんでしたよ。本当のことなんですから。顔立ちばかりか気だてもよいし、針仕事も器用にこなしますし、どこにだしても恥ずかしくない娘なんですよ」

よほどに自慢なのか、自分の娘を手放しの褒めようだ。

「おかげさまで、お仙が年頃になると方々から縁談が舞い込むようになりました。ところが亭主がさっぱり乗り気じゃありませんでね。あたしもつまらない相手にお仙をやるつもりはありませんでしたから、すべてお断りしていたんです」

だが、昨年の秋のことだ。お仙をとある大店の息子の嫁にという話が持ち上がった。なんでも当の息子が町中でお仙をたまたま見かけ、是非にと望んだものらしい。何かと反対していた三郎はもういないし、相手が大店と聞いてお七は俄然乗り気になった。

「大店に嫁げばこの先は金に困ることはない。好きなだけ贅沢ができるのだし、お内儀さんお内儀さんと周囲がちやほやしてくれる。こんな良い話はないよと、あたしはお仙に言ったんです」

しかしお仙のほうは、貧乏長屋暮らしの自分が大店の息子の嫁になるなんて釣り合いがとれないと、すっかり腰が引けている様子だった。首を縦には振らない娘に業を煮やし、

「馬鹿を言うんじゃない、あちらがおまえを嫁にと望んでいるんじゃないかと、お仙を叱りとばしましたよ。こんな良縁を振るなんて冗談じゃない、おっかさんはこの話を進めるからねと」

仲人が話を持ち込んできたのはお七が仕事から戻った夕刻で、母娘のこの会話はさらにその仲人が帰った後のことだった。すでにあたりは暗くなっていて、くだんの行灯にも火が入っていた。

「その時ですよ。いきなり行灯の明かりが、ぱっと消えちまったんです。まるで、誰かが火を吹っ消したみたいに」

今度は勝手に行灯の明かりが消えた、という。

家の中が真っ暗になり、慌てて手探りで火種を取りにいこうとしていると、ふたたび行灯がぼうっと光りだした。

ああ、あの人だ。あの人が来た。――お七はそう思った。

お仙も夜中に行灯の明かりが灯ることをとうに知っていたから、「お父っつぁん」と呆気にとられたように呟いた。

その光り方は、あきらかにいつもと違っていた。刻限もまだ宵の口であったし、あたかも生きているものの息づかいのように、明るくなったり暗くなったりを繰り返していた。三郎が自分はここにいると合図しているようにも見えたという。

「あたしは、てっきり亭主も縁談を喜んでいるもんだと思ったんです。だからお仙にも、そう言ったんですよ。だってね、娘が幸せになろうってのに、それを喜ばない父親が一体どこにいるってんです？」

言ってから、お七はキッと目を吊り上げた。

「ところが、そうじゃなかったんですよ。あの人ときたら、死んだ後でも娘の縁談には乗り気じゃなかったみたいで」

数日後に仲人がまたやって来た。返事を渋るお仙にお七が声を荒らげていると、仲人はまあまあと宥《なだ》めて、一度相手に会ってみりゃいいと提案した。どんな男かわからないからお仙ちゃんも不安なんだろう、なに大袈裟な話じゃない両国あたりの水茶屋で半刻ばかり、団子でも食べながら相手と話をしてみりゃいいさ。実は相手もお仙ちゃんと会いたいと先から言ってきているものでね。ああお七さんあんたはついて来なくていいよ、私が付き添っていくから心配はいらない。あんたが横で怖い顔で睨んでいたら、まとまるものもまとまりゃしないからねえ……。

そういうわけで仲人のお膳立てでお仙と相手の男が会うことになったその日、お七はいつものように仕事に出ていた。だからその場で何が起こったかというのは、全部あとから聞いたことだ。

仲人の話では、首尾良く両国でお仙と相手の男を会わせた時には、別段何事もなかったのだという。お仙はいささか緊張して硬くなっていたが、言葉を交わすうちに相手と打ち解けていったようにも見えた。ところが。

近くの水茶屋に入ってほどなく、お仙は「あっ」と叫んで立ち上がった。店の前を行き交う人々を指差して、「お父っつぁん！」と叫んだきり、その場で昏倒してしまった。驚いて声をかけたり揺さぶったりしていると本人はようやく目をさまし、青い顔でお父っつぁんがいた、お父っつぁんが人混みの中から怖い顔でこっちを睨んでいたと震えながら譫言《うわごと》のように繰り返したという。

「そんな馬鹿なことがあるものか、三郎さんはとうに亡くなっているんだと言い聞かせても、お仙はあれは間違いなくお父っつぁんだったと言い張るばかりだったとかで」

両国の橋詰めはただでさえ繁華で人が多く、仲人も相手の男も生前の三郎を知らないから本当に幽霊があらわれたのかなど確かめようがない。そのうち野次馬は集まりだすわ、お仙は取り乱したままだわで、男のほうはおそれをなして帰ってしまった。

家に戻ったお仙は寝込んでしまい、何を問い糾《ただ》しても床の中から「本当にお父っつぁんを見たの」としか答えない。

「あたしは、必死に仲人に頼み込んだんです。うちの娘は奥手なもので、将来連れ添うかもしれない男と初めて会って、きっと気が動転しちまってたんだろうって。もういっぺん、お仙を相手に会わせてやってくれってね。その甲斐あって、どうにか後日に場所を変えて二人を会わせるところまでこぎつけたんですよ」

だが、結果は同じだった。またもお仙は「お父っつぁんがいる」と叫びだし、ついには「お父っつぁんはこの縁談には反対で、なのにあたしがこの人と会ったりしたものだから、お父っつぁんが怒って幽霊になってあらわれたんだ」などと口走る始末。これには相手の男もすっかり鼻白んだらしく、結局、縁談は流れてしまった。

「あたしはもう、口惜しいやら腹立たしいやらで。ええ、亭主に対してですよ。おまけに噂が広まったらしくて、山ほどあったお仙の縁談もそれを境にぱったりと話がこなくなっちまったんです」

お仙を嫁にもらうと験《げん》が悪いだの、死人に祟《たた》られるだのという話にまでなってしまったらしい。

――死んだ亭主が化けて出るんですよ

なるほどこの話の最初にお七がそう言ったとおり、実際に三郎は化けて出て、それがお仙にとっての障りとなったわけだ。

しかし、その縁談も去年の秋のことである。なぜ今になって行灯を店に持ってきたのかという疑問はまだ残る。

「もっと早くにこの行灯を、たとえば供養するために寺へ持っていくといったことはお考えにならなかったんですか」

冬吾が言うと、お七は顔をしかめた。

「そりゃ思わなかったわけじゃないですよ。この行灯さえなけりゃ、亭主ももう出てくることはないんじゃないかってね」

それでも捨てたり燃やしたりするのは、さすがに気が引ける。寺で供養してもらえば三郎の霊も成仏するだろうと、お七も一時真剣に考えたという。けれどもそうしなかったのは、お仙の縁談の一件以来、行灯が独りでに明かりを灯すことがぱったりとなくなったからだった。

「まるきりただの行灯に戻っちまったみたいでした。てっきりあの人は成仏しちまったに違いないと思って、それがまた腹立たしくて。だってそうでしょう、こっちに迷惑をかけといて、本人は逃げるみたいにあっさりと消えちまうなんて。第一、そんなもぬけの殻みたいなものを、お寺さんに持っていくわけにもいきませんしねえ」

だが、終わりではなかったのだ。だからお七は、この店に来たのだ。

年が明けてすぐ、お仙のもとに久しぶりに縁談が舞い込んだ。

「隣町の質屋の店主なんですけど、若い時分に先妻を亡くしてからずっと独り身でいたのが、お仙を後妻に迎えたいと言ってくださいまして。そりゃまあお仙よりもずいぶんと年上の相手ですけれど、それならそれで口うるさい舅姑もおりませんしね。仲人の話では人柄も悪くなさそうだし、何と言っても質屋なら金はあるでしょう。願ってもない縁談ですよ」

それなのにと、お七は忌々《いまいま》しげにため息をついた。

「また、この行灯が」

先の縁談の時と寸分違わず同じことが起こったという。仲人が帰ったあと、相変わらず煮え切らない様子のお仙を叱りつけていたら、行灯の火がいきなり消え、すぐまたぼうっと明かりが灯った。暗くなったり明るくなったりという光り方も、同じだった。

「それでわかりました。ええ、あの人、成仏なんてしていなかったんですよ」

ならばまた三郎が幽霊になってあらわれるかもしれない。否、きっとあらわれるに違いない。この縁談までぶち壊されてはたまらない、やはり早々に寺に行灯を持ち込んで供養してもらおうと考えていた矢先、お七は洗濯物の注文を取りに行った先で偶然、いわくつきの品を買い取ってくれる店があるという話を耳にしたのだ。

「どうせ手放すのなら、お寺さんよりも店で買ってもらったほうがいいですからね」

(……そういえば、偶然にこの店のことを知って来たってお客さんは時々いるけど)

お七の話を聞きながら、ふと、るいは思った。

(それって、本当に偶然なのかしら……？)

そんなことが頭をよぎったのは、先日にナツからここはあやかしを引き寄せる場所だと聞いたからだ。

（あやかしが引き寄せられるなら、そのあやかしと係わってしまった人だって引き寄せられるかもしれないわよね）

そういう者たちの耳に、どこかから九十九字屋の名がするりと入ってくる。そんな、人の身ではあずかり知らぬ仕組みというものがあるのではないかしら……などと、突拍子もないことをつい考えてしまったるいである。

「そういうことでしたら、こちらでお引き取りするのはやぶさかではないですが」

冬吾はまっすぐにお七の目を見て、つけ加えた。

「本当にかまわないんですね？」

「どういう意味です？」一瞬、お七は怯んだように見えた。が、すぐに肩を怒らせて、「かまいませんとも。ええ、もちろん。それで幾らで買い取ってもらえるんです？」

「今この場で値をつけることはできません。査定が必要ですので、二日後にもう一度こちらへ来ていただきたいのですが」

「ようございます。あたしは仕事があって来られませんので、代わりに娘をここへよこします」

良い値で買い取ってくださいよと言いながら、お七は行灯を冬吾の前に押し出した。そうしてほんの一息ほどの間、睨みつけるように行灯を見つめてから、ふいと横を向いて呟いた。

「おまえさんが悪いんだよ」

呻くように低い、暗い声だった。

「カネカネカネと時季外れの蟬じゃあるめえし。まったく、欲の深《ふけ》ぇ女だぜ」

お七が帰った後、座敷の壁から作蔵がぬっと顔をのぞかせた。

「娘の縁談だって、ありゃあからさまに相手の金目当てじゃねえか。あんな陰気な女が女房じゃ、三郎って野郎もさぞや苦労したに違いねえ。恨み言のひとつも言いたくて、化けて出てきたんだろうさ」

「三郎さんは恨み言なんて言ってないじゃない。黙って明かりがついたり消えたりしてるだけで。それに、幽霊を見たのはお七さんじゃなくて娘さんのほうだし」

湯呑みを片付けながら、るいは父親を軽く睨んだ。

「それよか、お父っつぁん。また盗み聞きしてたのね」

「けっ。盗み聞きたぁ何だ。俺ぁ隠れてこそこそ聞いてたわけじゃねえ、ここで堂々と腰を据えて話を聞いていたんだ」

「そういうの、開き直りって言うんだからね」

「うるせぇや。……それにしてもよ、女房が蟬なら亭主は時季外れの蛍ってとこか？」

「何よそれ」

「黙って明かりがついたり消えたり」

お父っつぁん、とるいは腰に両手をあてて壁に向きなおった。

「そういうことを言ったら失礼だよ。本人がここにいるかもしれないんだから」

「いるのかよ」

「……まあ、あまり……というか全然、いるような気がしないけど」

るいは、先ほどから腕を組んで座ったまま行灯を矯《た》めつ眇《すが》めつしている店主に目をやった。何度も眼鏡を取ってはまた掛けなおしているところを見ると、やはり冬吾にも何も見えていないようだ。

「あのぅ、冬吾様。三郎さんてお人は、本当にその行灯に憑いているんですか？」

「おまえには見えるか？」

「いえ」

「もしかして、ただの古行灯をいわくつきにでっちあげて、高値で買い取らせようって魂胆じゃねえのか」

あの女ならやりかねないぜと、作蔵。

「お七さんは、嘘はついていないと思うわ」

だって、とるいは思う。もしすべて作り話で、亭主の幽霊など端からいないというのなら、お七はこの店に出入りすることはできなかったはずだ。少なくとも、お七があやかし絡みの怪異と係わっていることは間違いないのだ。

「なるほど、あちこち修繕してあるが、どれも丁寧な仕事だ。お七の亭主は、職人としての腕は確かだったようだな」

冬吾はそこでようやく、顔をあげた。指で顎を撫でながら、さてどうしたものかと独りごちている。

「正確には亭主の霊がこれに取り憑いているというのではないようだ」

「え？」

「憑いてはいないが、生前の本人の気が濃く残っていたぶん、霊が寄りつきやすい物になったのだろう。この行灯は、死んだ亭主にしてみれば生きている家族と接点を持つための依代《よりしろ》のようなものだ」

「え、ええと……？」

「憑くというほど縛られてはいない。つまり、本人はいたりいなかったりする」

なんだかよくわからないが、

「……要するに、姿が見えないってことは三郎さんは今、お留守ですか？」

るいが首を捻りながらそう言うと、

「そういうことだな」

冬吾はあっさりとうなずいた。それ以上説明するのが面倒くさくなったらしい。

「商品としての価値があるのかどうか。家族がいなければ亭主がこれを依代にする理由はなくなる。亭主が寄りつかなくなれば、それこそただの行灯だ」

さてどうしたものか、というのはそういう意味である。

（ただの行灯じゃ、売れないものね）

そう思ってから、るいは首をかしげた。

「冬吾様」

「何だ」

「さっき、どうしてお七さんに、かまわないかどうか訊いたんですか？」

本当にこの行灯を売ってしまってかまわないのか、と。

「まあ、長年いわくつきの品と客を見てきたのでな」

答えになっていないようなことを言って、冬吾は素っ気なく鼻を鳴らした。

「勘というものだ。おまえにはわからんだろうが」

（すぐにそうやって威張るんだから）

小さく口を尖らせながらも、るいは嬉しかった。

（よかった。いつもの冬吾様だ）

しかし結局、問いかけに対する返答はうやむやのまま。冬吾の勘が正しかったことをるいが知るのは、この二日後――お七の娘、お仙が九十九字屋にやって来た時であった。

三

「行灯を返してほしいんです」

二日前に母親が座っていたのと同じ場所で、きっちりと居住まいを正してお仙は言った。

約束どおり、彼女がお七に代わって九十九字屋を訪ねて来た時、正直なところるいは驚いた。というのも、母娘とはとうてい思えぬほど両者の容貌が似ていなかったからである。

お仙が器量よしというのは、本当だった。お七が陰気で刺々しく、さえない見てくれであるのに対し、お仙のほうは日溜まりにぱあっと花が咲いたかのような可憐さで見る者の目を引きつける。なるほどこれなら、縁談が山のようにくるというのも嘘ではないだろう。

着ている物もお七が倹約を絵に描いたように古くさく地味な色柄の着物であったのに対し、お仙はそこそこ見栄えのよいなりをしていた。といっても贅沢品とは縁のない長屋暮らしであるから、そこらの町娘と比べてけして見劣りするものではないという程度のものであるが。

「おっ母さんはあの行灯は売っちまったからお代をもらってこいと言ったけど、お金はいりませんから。どうか、お父っつぁんの行灯を返してください」

目の前の冬吾に、お仙は頭をさげた。

「返すのはかまいませんがね。しかしお七さんは、何としてもあの行灯を手放したいみたいでしたよ」

「そんなことありません」お仙は首を振った。「おっ母さんはあの行灯を大切にしていたんです。でも……あたしのために……」

言いよどんだお仙に、事情はお七さんから聞いていますよと冬吾はうなずいた。

「お七さんは、あなたの縁談に障りがあることを心配していました。先の時と同じように、三郎さんがまたあなたの前に姿をあらわすかもしれないとね」

「それは、あの時はあたしが驚いて騒いでしまって……先方にも失礼なことをしてしまったのがいけないんです。そのせいでお父っつぁんが悪者みたいになってしまって、だからあたし、お父っつぁんにも申し訳なくて」

お仙は顔を俯かせる。

「あの行灯がなかったら、お父っつぁんはきっともう、あたしたちのところに戻ってきてくれなくなると思う。だから売りたくはないんです」

「しかし三郎さんはあなたの縁談に反対なのでしょう。あなたが見た時、三郎さんは怖い顔をしていたそうじゃないですか」

寸の間、お仙は困ったように黙り込んだ。

「……あたし、本当はあの時のことをよく覚えていないんです。お父っつぁんが怒ってるって、あたしが勝手に思い込んだだけかもしれない。お父っつぁんはいつだって気難しい顔をしていたから、勘違いしたのかも……」

お仙の声が揺れて細くなる。

「だから、あたしがもしまた次にお父っつぁんを見かけても、気にしないで何もなかったふうにしていれば……おっ母さんに心配をかけることは、きっともうないと思うんです」

「本当は嘘なのでしょう？」

冬吾がさらりと口にした一言に、自分の膝に目を落としていたお仙はハッとしたように顔をあげた。

「え？」

「あなたは、三郎さんの幽霊など見ていないんじゃないですか？」

「あ……あたし、は」

「あなたはお七さんが勧める縁談を受けたくはなかった。だから嘘をついて、相手の目の前であたかも三郎さんの幽霊があらわれたかのような芝居をして見せた。——ひょっとしたらそういうことではないかと、私は勝手に思っていますがね」

驚いたように、お仙は冬吾を見返す。その顔が、みるみる青ざめた。

仰天したのはるいも同じで、ぽかんとしてお仙を見つめてしまった。

(嘘？　それじゃ、三郎さんの幽霊なんていなかったってこと⁉)

相手との顔合わせの際にその場で倒れたことも、お父っつぁんが縁談に反対しているというのも。つまりはお仙の狂言だったと冬吾は言っているのだ。

どうして、とお仙は呻いた。

「こういう商いですから、客を勘ぐるのも仕事のうちでして」

店主は淡々とつづけた。

「そうですね。たとえば——あの行灯は今、うちで預かっています。あなたがもし本当に三郎さんの幽霊を見たことがあるのなら、もしかするとお父っつぁんがここでも姿をあらわしたりしていないかと、そこはやはり気にするものじゃないかと思うんですよ。たとえ口に出して訊くのは、はばかられるとしてもね」

ところがお仙は、尋ねるのを躊躇《ちゅうちょ》するどころか、そんなことは気にかける素振りも見せなかった。

お仙の身体が、傍目にも強張った。堪りかねたように下を向き、両手で顔を覆う。指の隙間から声が漏れた。

「あたし……あたしには、夫婦《めおと》約束をした人がいるんです」

え、とるいは思わず頓狂な声をあげてしまい、冬吾に横目で睨まれた。

「以前にお父っつぁんの弟子だった人で……佐吉《さきち》さんという人です。……でも、おっ母さんには許してもらえなくて」

半人前の貧乏職人に嫁いだりしたら苦労は目に見えていると、お七に取り合ってもらえなかったらしい。

「このままじゃあたし、絶対に佐吉さんと一緒にはなれないと思いました。おまけにどんどん縁談が進んでしまって、どうしていいかわからなくなって。……あんな、嘘を」

（ああ、そういうことだったのね）

今はこうして花が萎《しお》れるようにしょんぼりしている娘が、よくそんな大胆なことをしたものだと思うが、逆に言えばお仙は一世一代の芝居をうたなければならないほど思い詰めていたということである。

（あのおっ母さんじゃねえ）

なんだか可哀想だと、るいは思った。

「おっ母さんにも相手の人にも、そりゃ悪いことしたと思ってます。でも、噂が広まって縁談が来なくなってあたし、ホッとしたんです。これでおっ母さんも諦めてくれるだろうって」

お仙はついに涙声になっていた。るいは座っていた場所から這うようにしてそっとお仙に近づくと、懐紙を差し出した。お仙は驚いたように両手を下ろし、目を瞬かせる。

「あ、ありがとう」

懐紙を受け取ったとたん、その目からぽろぽろと涙が零れ落ちた。

「どういたしまして」

冬吾は居心地悪げにもぞもぞと肩を動かしてから、

「つまりあの行灯がなければ、あなたはもう三郎さんを——言い方は悪いが、ダシにして縁談を断ることができなくなるということですね」

「本当に悪いですよ、言い方」

るいは頬を膨らませたが、「じゃあ何と言うんだ」と返されて、えっとと首をかしげた。

「言い訳とか、方便とか」

「たいした違いはない」

「うぅ」

お仙は洟《はな》を啜りながら、首を振った。

「うちに行灯を持って帰っても、お父っつぁんのことは二度と言いません。嘘をついて、あたし、お父っつぁんに一番申し訳がなかった。きっとお父っつぁんはあたしが情けなくて、腹が立ったんだと思う。だって」

前の縁談の騒ぎ以来、行灯が独りでに明かりを灯すことがぱったりとなくなったと、お七は言っていた。その通りだった。きっとお父っつぁんはあたしのことを怒っていなくなってしまったんだと、お仙は思った。ごめんなさいごめんなさいと、行灯に何度も詫びた。

「だから今の縁談がきて、また行灯が勝手に光りだしたのを見た時、よかったって心底思いました。ああ、お父っつぁんが帰ってきてくれたんだって」

それはよかったかもしれないけど、縁談はどうやって断るのかしらとるいは心配になった。

「あんな強欲な母親では、あなたも苦労しますね」

いささかわざとらしく同情めかして冬吾が言ったとたん、それまで鼻をぐすぐすさせていたお仙の動きがぴたっと止まった。真っ直ぐに冬吾を見返して、きっぱりと言葉を押し出した。

「そんなふうに言わないでください。あの人は、あたしの大事なおっ母さんです」

握りしめていた懐紙でぐいと涙を拭うと、お仙は大きくひとつ息をして、つづけた。

「おっ母さんはそりゃお金に細かいところはあるけれど、強欲なんかじゃありません。悪く言う人はいるけど、みんなおっ母さんのことをわかっちゃいないんだわ。――おっ母さんは、優しい人です」

部屋のどこかで「えぇぇ⁉」という間の抜けた声が聞こえた。どうやら作蔵がまた座敷の壁に居座って聞いていたようである。お仙の耳には入らなかったようなので、るいはホッとした。

「意に沿わない縁談を、あなたに押しつけてもですか？」

先ほどと違って、店主の声は柔らかかった。

それは、と言い差してお仙は唇を噛む。

「母親と娘だもの。うちだけじゃなくて、よその家だってそういうことはあるでしょう？」

「そうかもしれませんね」

生憎《あいにく》と私は娘ではないのでよくわかりませんがと、冬吾はうなずく。

「だが、子のためなら母親は他人からすれば愚かと思えることでもやってしまう。そういうものだというのはわかります」

嚙みしめるような言い方をしてから、店主は立ち上がった。

「行灯はお返ししますよ。まだうちで正式に買い取った品ではありませんし」

お仙が行灯を受け取って店を出ようとした時、冬吾は妙なことを彼女に言った。

「あまり、母親と娘という言葉に囚われないように。その必要はとうにないでしょうから」

傍で聞いていたるいは、意味がわからず首をかしげるしかなかった。

「これで一件落着ってことですか？」

店先でお仙を見送ってから、るいは冬吾を振り返った。

「そう願いたいところだが」と、座敷からさも嫌そうな声が返る。

「これ以上は金にならん話だからな」

「行灯は返しちゃったんだから、最初からお金になっていませんよ」

「……確かに。面倒なだけだった」

茶をくれと言われ、るいは店の中に戻る。湯を沸かし、濃いめに茶を淹れて冬吾のもとに運んだ。

湯呑みを口に運び、中身を半分ほど飲んでから、冬吾はぽつりと言った。

「お七とお仙は、本当の親子じゃない」

「え？」

「お仙の実の母親は、彼女が生まれてすぐに亡くなった。お七が三郎の後妻になったのは十三年前、お仙が五歳の時だ」

るいはぽかんとした。

「どうして、そんなことを知っているんですか？」

「調べればすぐにわかることだ」

冬吾はふんと鼻を鳴らした。

「言っただろう、勘ぐるのも仕事のうちだと。いわくつきの品を持ち込む客の中には、こちらには明かせない事情を持つ者もいる。何も知らずにへたなモノを摑まされれば、厄介事に巻き込まれることだってある。怪しいと思えば、相手のことは裏まで知っておくのが肝要だ」

でも調べるったっていつの間にとるいが首をかしげたところで、くっくっと喉を鳴らすような笑い声が聞こえた。見れば階段の中ほどで、三毛猫がすまして座っている。

「ナツさん」

そうか、とるいは合点した。いつもみたいに、ナツさんが近所の猫たちから情報を集めてきたんだわ。

三毛猫は足音もたてずに段を下り、床に足をつけたところで人の姿になった。

「あのお七って女が店に来たその日のうちに、あっちの長屋へ行っていろいろと聞き込んできたのだけどね。今回はちょいと難儀したよ」

お七が住んでいる長屋には、居付いている猫がほとんどいないらしい。というのも、近所に住人が大のつく猫好きばかりという長屋があって、界隈の野良猫は普段から皆、居心地のよいそちらの路地に入り浸っているからだ。

それでもわかったことはあった。

「お七とお仙が血の繋がっていない母娘だってのは、同じ長屋の住人なら当然知っていることさ」

その上で、お七に対する他の住人たちの評判はさんざんなものだった。――いわく、人づきあいが悪いどころか口を開けばつけつけとケンカごしか、嫌味ばかり。他人に笑顔のひとつも見せたことがない。物売りが来れば必ず売っている物に難癖つけて値切り倒すくせに、住人総出の行事にはほんの申し訳程度に顔を見せるだけで、金はびた一文出さないし手を貸しもしない。

ケチでひねくれ者で愛想なしの、とんがった鼠《ねずみ》みたいな女だよ。三郎さんも、なんだってあんな女と一緒になったんだろうね。お仙ちゃんの身なりには気を配っているみたいだけど、それだって金のあるところにお仙ちゃんを嫁がせようって魂胆だからさ。金持ちと縁ができりゃ、ゆくゆくは仕舞屋にでも住まわせてもらって自分も楽な暮らしができるとでも思っているんだろ。お仙ちゃんには気の毒だったが、三郎さんが怒って化けて出てきたってそりゃ無理はないよね……云々。

「お仙がこっそり逢っている相手がいるってのは、何匹かの猫から聞いたよ。佐吉って男は、確かに三年前まで弟子として三郎のもとに出入りしていた。今は独立して柳原《やなぎわら》町《まち》の長屋に住んでいるそうだ」

お仙に恋仲の男がいることを、冬吾はナツから聞いていて、本人に会う前にすでに知っていたということだ。なるほどそれで、お仙の狂言を見破ったのか。

「お七のことでは皆そんなふうだけど、お仙に対する風当たりは強くはないね。却って、お七が継母だということで同情する者もいるようだ」

「そうなんですか……」

でもそのお七を、お仙は優しい人だと言う。大事なおっ母さんだと言うのだ。

(考えてると、頭がぐるぐるしてくるわね)

長屋の住人たちの話を聞くと、お七のどこに優しいなんて言葉があてはまるのか、さっぱりわからない。

冬吾が、飲み干した湯呑みを置いて立ち上がった。

「部屋に戻る。私はすでに一度聞いた話だからな」

「……冬吾様とナツさんだけ先に知ってたなんて、ずるい。あたしにももっと早く教えてくれたっていいじゃないですか」

　冬吾が二階に姿を消したのを見計らって、るいはぼやいた。ナツはニヤリとすると、

「あんたは思ってることがすぐに顔に出るからねぇ。いかにも知ってますって顔で横に座っていられたら、客が怪しむじゃないか」

「そんなことありませんよ」

　るいが頰をぷっくり膨らませるのを見て笑ってから、ナツは真顔に戻った。

「お七はもともと、洗濯屋として三郎のいた——つまり今の長屋に出入りしていたそうだ。三郎は女房を亡くしてから男手ひとつで苦労してお仙を育てていたけど、手が回らないことは多々あったんだろうね。お七によく洗濯物を頼んでいたらしい。そうして度々顔をあわせているうちに、二人は夫婦になったたって話さ」

　三郎の前妻は、お仙の母親だけあってやはり器量よしで通っていたが、いかんせん身体が弱く病がちだった。たとえ小町娘であっても寝込んでばかりで面窶《おもやつ》れしていては縁談もままならず、結局幼なじみであった三郎に嫁いだという。

　お七が三郎の後妻になった当時、その前妻と比べてお七の不器量をあれこれ言う者も

いたと聞いて、さすがにるいは嫌な気分になった。

「まあ、そのせいでひねくれちまったってわけでもないようだけどね。三郎と一緒になる前から、お七の性分は身に染みついていたらしいから」

そこまで言ってナツはちょっと考え込むふうを見せて、「実はね」と言った。

「今回は難儀したって言ったろ？　猫たちから聞き出せた話ってのは、それほど多くない。理由は最初に言った通りさ。住人たちの噂話やら前妻の話やらは、別の相手から聞いたことだよ」

「別の？」

「長屋に祀《まつ》られている狐」

「え、お稲荷《いなり》様⁉」

そうそう、とナツはニッと笑った。一応神様である相手を狐呼ばわりして悪びれないあたり、さすがに年季の入ったあやかしである。

「その狐が、こんな話もしていたよ」

何年か前に、一匹の猫が長屋に迷い込んできたことがあったという。

病気でも患っていたのか、痩せて毛がところどころ抜け落ちた雄猫だった。しかもどこで怪我をしたものか、顔面には醜い傷跡があった。おそらく弱っていたために、近所の猫が集まる長屋には近づくことができず、お七の住む長屋にやってきたのだろう。しかしそちらの住人は、見るからにみすぼらしく汚れたその猫を「あっちへ行け」と追い払うばかりだった。

「その猫に、お七が餌をやってたって言うんだ。他の住人が寝静まった夜に、こっそりとね」

「お七さんが？……でも」

「まさかと思うだろう？　ケチで一文の金も惜しむような女がさ、誰も相手にしないような野良猫に自分ちの飯をわけてやるなんて」

——腹が減るってのは、泣きたいほど辛いもんさ

暗い長屋の路地で猫に餌をやりながら、お七はいつも呟いていたという。

——おまえもそんなにみすぼらしいご面相でなけりゃ、もっと可愛がってもらえたろうに。愛想を知ってりゃ、皆に撫でてもらって家の中でぬくぬく寝ていられたかもしれないのにね。世の中ってのは不公平なもんだ

——だけど安心おし。捨てる神あれば拾う神ありだ。あんたもきっと、悪いことばか

りじゃないよ。このあたしにだって、神様はいたんだから

（神様はいた？）

るいは目を瞬かせた。

「しばらくして雄猫はふらりとまたどこかへ行っちまったそうだけど、お七が餌をやっていたおかげだね、その頃にはだいぶ毛も生えそろって見違えるほど元気になってたってさ」

「……やっぱり優しい人なのかしら」

さあねと、ナツは括《くく》った毛の先を指でもてあそびながら、首をかしげて見せた。

「その人がどういう人間かなんて、本当のところは他人にゃわかりゃしないさ。優しいかどうかだって、所詮《しょせん》は他人がきめることだ。その逆もね。――たとえばお仙の身なりのことだって、長屋の連中は金持ちの男の目を引く魂胆だって言うけれど、もしかしたら、違うかもしれないじゃないか」

「違う？」

「年頃の娘に、貧乏長屋暮らしだと一目でわかるようななりをさせたくない。よその娘より見劣りのするものを着せて、恥ずかしい思いをさせたら可哀想だ……そういう親心

からのことかもしれない。自分はあんな安っぽいなりをしてさ。たまたまそういう見方を誰もしなかったってだけで」

いっそ自分は見栄えのよい物を着て、継娘にみすぼらしい格好をさせているのなら、中身の底も知れるのにねと、ナツは冗談のようにため息をついた。

「やれ、どっちだろうねえ」

るいは眉根を寄せて一寸、考えた。

「それは確かに……人のことはわかりませんし、あたしはお七さんとは一度しか会ってないからもっとわかりませんけど……でも」

「なんだい」

「お七さんのは、親心のほうじゃないかと思います」

「おや、どうして」

「だってあたし、無愛想で威張ってて突っ慳貪なひねくれ者で、こっちが裏読みしないと本当は優しいってことがわからない人を一人、知ってますから」

ナツは目を瞠ってから、天井を見上げた。そうしてぷっと噴きだすと、「違いない」とケラケラと笑った。

それに、とるいは力をこめて言う。

「きっとお仙さんだって、そう思ってるに違いないです」

「ああ、そうだね」

口元に笑みを残したままで、ナツはうなずく。

「大切なおっ母さんだって、言ってたね。それはあの娘の本心だろう」

ただねぇ、と首をかしげて、

「纏《もつ》れちまってるよね」

「……纏れ？」

「ああして母親だ娘だとむきになって口にするところを見ると、血が繋がっていないことを一番気にかけているのはお仙じゃないかね。自分のしたことで、それ見たことかとお七が世間から白い目で見られるのが嫌だから、肩肘を張ってるんだ。そりゃ健気だとは思うけど」

だけどそれはやはり歪《いびつ》なことだと、ナツは言った。

「それこそ本当の母娘なら、遠慮なしに互いの我《が》を通そうとしてケンカになることだってあるだろう。それが当たり前さ。お仙だって、縁談が気にくわなければきっぱり断っちまえばいいんだ。恋しい男と一緒になりたいって、地団駄踏んで泣き喚くくらいすりゃいい。それができないでいるから、ややこしい話になっちまうのさ」

るいはハッとした。

――あまり、母親と娘という言葉に囚われないように

さっき聞いた冬吾の言葉。あれは、そういう意味だったのだろうか。

おや、と呟いて、ナツは店の表口に顔を向けた。

「やっぱり一件落着とはいかなかったようだ」

その言葉とともに、血相を変えたお七が店に飛び込んできた。

四

仕事回りの途中だったのか、お七は洗い桶と洗濯用具一式を担いでいた。それをがらりと土間に投げるように置く。片腕に、さっきお仙に渡したはずの行灯を抱えていた。

「おっ母さん！」

少し遅れて、そのお仙が小走りに駆け込んだ。半泣きの顔になっている。

た。

「待って。待ってよ」

お七は耳も貸さずに、上がり口でぽかんと突っ立っていたるいの手に行灯を押しつけた。

「この娘が何を言ったか知りませんが、これはもうそちらに売ったものですから。引き取ってくださいな！」

その剣幕に、行灯を持たされたまままるいは目を白黒させた。ナツはといえば、お七に見られる一瞬前に猫に早変わりして、今は素知らぬ顔で座敷で顔など拭っている。

「ねえ、聞いて。おっ母さん」

「お仙！」お七はようやく娘を振り返ると、目を吊り上げた。「どういうつもりだい。言ったはずだよ。もうこんなものはうちに置いておけないってね。ぐずぐず泣き言を言っていたからひょっとしてと思ったら、案の定だ。帰り道で待っていて、よかったよ」

どうやら、行灯を持ち帰ろうとしていたお仙は、帰路の途中で待ち伏せていたお七に捕まってしまったということらしい。

「また縁談が壊れちまったらどうするのさ。それはかりじゃない、妙な噂までたてられて。あの人のせいだよ。こんな行灯があるから——」

「そうじゃない、違うのよ、おっ母さん」

「何が違うってんだい!?」

あの、とるいは、やっとのことで声をあげた。

「今、店主を呼んできますので」

それには及びませんよと、お七はふたたびるいに顔を向けると、尖った声で言った。

「あたしどもは、このまま帰りますのでね。お代は後日に、あたしが自分で取りにきます」

「そ、そういうわけには──」

「おいで、お仙」

腕を掴まれて、お仙は大きくかぶりを振った。束の間口ごもってから、思い切ったように顔をあげた。

「だから違うの。悪いのはお父っつぁんじゃない。あたしが悪いの。──あたしが、嘘をついたから」

「嘘だって？」

お七は怪訝な顔をした。

「あたし、本当はお父っつぁんの姿なんて見ていない。でも見たと言えば、縁談を断ることができると思って。だからお父っつぁんがあの場にいたなんて、嘘だったの」

堪忍しておっ母さんと、お仙は涙を浮かべて言った。が、お七はいっそう怪訝そうな表情になる。

「何を言っているんだい。おまえは嘘なんてついちゃいないよ。……あの人は、あの場にいたじゃないか」

「……え？」

「おまえが佐吉と夫婦になりたくて縁談を嫌がっていたことくらい、わかっていたよ。だから先の騒ぎの時、もしかしたらと思ったんだ。全部、嘘なんじゃないかって。それで、二度目に先方と会うことになった時――」

仕事を休んで、お仙と相手の顔合わせの場をこっそりとのぞきに行ったのだ。

「おまえが『お父っつぁんがいる』と叫んで指差した先に、本当にあの人が立っていたものだから、驚いたの何の。心臓が止まるかと思ったさ」

「そんなはずない。あたしはあの時、誰もいないところを指差したんだもの。嘘のつもりで言ったんだから、お父っつぁんがいるわけないわよ」

「いたんだよ。おまえのことをぼうっと見ていた。思わず近寄ろうとしたら、ふっと消えちまったけどね。あれは間違いなく、あの人だった」

聞いていてるいは、あれれと思った。なんだか母娘の言っていることが、あべこべになっている。

「そんな……」

信じられないというように、お仙は幾度も首を振る。それを冷ややかに見やって、

「だからだよ。またあの人が出てきて今度の縁談も流れちまったら、それでまた噂にでもなったら、取り返しがつかない。そうなる前に、行灯を売っちまわないと」

おっ母さん、とお仙は呻いた。

「やめて。お父っつぁんの行灯を売ったりしないで」

「何度言わせるんだい。おまえのためなんだよ」

「だっておっ母さん、あんなに喜んでいたじゃない！」お仙は叫んだ。「初めて行灯が点いた夜、寝ているあたしを起こして『ほらごらん、お父っつぁんが帰ってきたよ』って、おっ母さんはすごく嬉しそうだった。それからずっと、お父っつぁんの行灯を大事にして、行灯が独りでに点くたびに幸せそうな顔をしてたじゃない」

本当は、処分しようと思えばいつでもできたはずだった。

お仙の最初の縁談がぶち壊しになった後ですら、口ではどう言おうとお七は行灯を手放すことをしなかったのだ。

「おっ母さんが行灯を売っちまいたいわけがない。あたしのために、もううちに置いておけないって言うなら、そんなのあたし、おっ母さんに申し訳ない。だから返してもらったの」

馬鹿なことを言うんじゃないよ、とお七は呟くように言った。

その時、階段を下りてくる足音がして、冬吾が姿を見せた。

「どうぞ中へおあがりください」

有無を言わせぬ口調で母娘に言い、自分は座敷に腰を据える。

行灯を持ったままだったるいは、ちょっと迷ってからそれを冬吾の傍らに置いた。とたん、

「あっ」

ぼうっと、行灯に明かりが灯った。

ちょうど空に雲がかかったか、夕刻でもないのに薄暗い室内を、暖かな光が照らしだ

す。

「やっと出てきてもらえましたね」

三郎さん、と冬吾は静かに呼びかけた。

その視線の先を見て、るいは目を丸くする。

座敷の片隅に、ずんぐりとした体型の中年の男が一人、膝をそろえ背を丸めるような格好で座っていた。


「おまえさん!?」

「お父っつぁん！」

土間の声が重なった。

「あなた方にも見えますか」

冬吾の問いかけに、お七とお仙は顔を見合わせ、おぼつかなくうなずいた。

「ぼんやりとした黒い影のようですけど。でもわかりますよ。うちの人だ」

二人にはそのように見えるらしい。それで十分ですと、冬吾は言った。

「こちらへどうぞ」

促され、お七とお仙は座敷の隅に目を凝らしたまま、そろそろと座敷にあがった。

「――ちょいとこの人と話をしてもいいですかね」

最初の驚きが過ぎて、我に返ったらしい。冬吾の返事も待たず、お七は三郎に膝でにじり寄った。

「おまえさん、どうしてお仙の前に姿をあらわしたりしたんだい?」

「おっ母さんてば。あたしは、あの時は何も見ていない――」

「見えてないだけで、ちゃんといたんだよ。いいから、おまえは黙っといで」

ぴしりと言われ、お仙はしゅんと口を噤《つぐ》む。

「おまえさんの言いたいことはわかっているよ。お仙を、佐吉と一緒にさせてやれってんだろ。あんたは佐吉を可愛がっていたからね」

確かに真面目な働き者だ。だけど佐吉と夫婦になっても、あの男の稼ぎじゃ一生質屋と縁の切れない長屋暮らしじゃないか。あたしはお仙に、金の苦労などさせたくないんだよ。だって貧乏がどんなものか、あたしが誰よりよく知っているんだから。

一息に言葉を並べたお七の目に、三郎の影がゆらりと動いたように見えた。

――俺ぁ、おめえに謝りたかった

聞き覚えのある野太い声に、お七は目を見開く。
——すまなかったなぁ、お七。一人が嫌いなおめえを、また一人にしちまって
「な、なんだい、藪から棒に」
——おめえが苦労して苦労して生きてきたことは、知っている。親に捨てられて、いつもひもじい思いばかりしてたって言ってたよな。可愛げがない愛想がないと苛められて、他人につけこまれないようにつっぱらかって生きているうちに、誰も信じられなくなっちまったって言ってたよな。だけど一番辛かったのは、真っ暗な夜に一人ぼっちでいることだって、おめえ、言ってたじゃないか
「そ、それが何だってんだい」
——だから俺ぁ、行灯になった。真っ暗な夜でもせめて明かりがありゃ、おめえも寂しくねえだろうと思ってな
「ば……」
お七はぽかんと口を開けた。いつも刺々しく硬かったその顔が、その時初めて、泣いているような笑っているような、何ともいえない表情になった。
「馬鹿だねえ、おまえさん。何を考えているのかよくわからない人だと思ってたけど、

そんな理由で光ってたのかい……!?」
——お仙
「なに、お父っつぁん？」
——もっと我《わ》が儘《まま》を言え。そうでなきゃ、お七はずっとおめえのために無理してなきゃなんねえ
「え……」
——おめえがはっきり物を言わねえから、どうしてやりゃ一番喜ぶのかもわからねえとさ。お七がしょっちゅうぼやいてら
「おっ母さん、夜中に行灯に話しかけていたの？」
「ちょっと、おまえさん！」
生きてる時は黙りだったくせに、死んだらべらべらと余計なことまでしゃべるようになっちまってと、お七は顔を赤くした。
——なあ、お七。おめえが時々、俺に言ってたことだけどな。生きてるうちには俺ぁ何も言ってやれなかったけどな。もう二度と、こんな機会はねえかもしれねえから
——同情じゃあねえよ。俺ぁ、てめえがそうしたかったから、おめえと一緒になった

んだ
それだけは忘れねえでくれよ。
その言葉が滲んで消えると同時に、行灯の明かりが消えた。

五

さて、店に持ち込まれた品や事件を逐一記録するのはるいにまかされた仕事であるので、その日もお七とお仙の母娘が帰ったあとに、座敷の文机に向かって帳面を広げた。
今回の一件で書き留めたことは、
一　竪川三ツ目橋そばの長屋住み、お七という女が亭主三郎の霊が憑いたと訴えて行灯、一灯《とう》を売りで持ち込む。
二　お七の娘、お仙が行灯を引き取る。
三　同日、お七が行灯を再度持ち込む。
四　同日、三郎の霊が出現す。

五　同日、お七とお仙が行灯を引き取り持ち帰る。

「はい、終わり」

たったこれだけ、行灯が行ったり来たりしただけの事件に見える。

(結局のところ、うちの儲けにもならなかったし)

まあいいか、とるいは筆を置いた。

お仙の縁談はどうなるのかと、それだけはちょっと気がかりだった。


それから十日ばかり経った、如月も半ばのある日のこと。

店を訪れた者を見て、るいは驚いた。

「その節はありがとうございました」

土間に立って深々とお辞儀をしたのは、お仙であった。

「すみません、店主は今、外出していまして――」

また行灯を巡る一悶着でもあったのだろうか。

散歩と称してどこかをほっつき歩いている冬吾を呼びに行くべきかどうか迷っている

と、

「いいの。るいさんに聞いてもらいたいことがあって来たの」

いきなりくだけた口調になって、お仙は上気した頰を両手で押さえた。

「あたしね、佐吉さんと夫婦になるのよ。おっ母さんにも許しをもらったわ」

「は……」

どうやら客として来たのではないらしい。姿を見せて早々、幸せの花が満開になったような娘の笑顔をしばし見つめてから、るいは土間の上がり口にお仙を誘った。

どうせ店は今日も閑古鳥《かんこどり》が鳴いているし、掃除も雑事も全部すませたし、店番ついでに少しくらい話し込んだって罰は当たらないだろう。

腰を下ろすや否や、お仙は弾けるようにしゃべりだした。

「お父っつぁんが、もっとはっきり物を言えって言ってたでしょう？　それであたし、おっ母さんにこの縁談は受けないって言ったのよ。初めてきっぱりと、そう言えた」

おかげで何度もケンカになったらしい。最後はあのお七が渋々折れたというから、お仙も相当粘ったのだろう。

「よかったわ」心からそう言ってから、るいは小首をかしげた。「でも話を聞いてほしいって、どうしてあたしに？」

「それは……」お仙はそこで気恥ずかしそうに俯いた。「ごめんなさい。浮かれているのは自分でもわかっているけど、同じ年頃の知り合いがあまりいなくて……でも、誰かにどうしても話したかったのよ」

「あ、そういうこと」

お七はあれから、少し笑うようになったらしい。行灯は、今も時おり夜中に明かりを灯すことがあると、お仙は嬉しそうに言った。

「この間、お父っつぁんが最後に妙なことを言っていたでしょ。同情じゃないとか何とか。あれね、おっ母さんがよくお父っつぁんに訊いてたことだったんですって。どうして自分と夫婦になったのかって。でも何度訊いてもお父っつぁんたら、黙りで答えなかったから、おっ母さんも頭にきて、どうせおまえさんはあたしがあんまりみすぼらしいから同情して、犬ころでも拾うみたいに一緒になったんだろう、人が好いのもたいがいにしな——なんて、しょっちゅう毒づいてたらしいわよ。その答があれだもの。お父っつぁんもね、自分で言ってたけど、もっと早くにおっ母さんにちゃんと言ってあげればよかったのにね」

拾う、という言葉で思い出した。

(捨てる神あれば拾う神あり)

自分にも神様はいたと、お七は言っていた。

――俺ぁ、てめえがそうしたかったから、おめえと一緒になったんだ
その神様は、お七に亭主と娘と居場所を与えてくれた。きっとそういう意味だったのだと、るいは思った。

「そうそう、あたし、おっ母さんに言ったの。あたしの着物ばかり選んでないで、自分のもちゃんとしたのを買ってって。さもないと、あたしもおっ母さんと同じようによれよれの古着ばかり着るわよって」

「そしたらお七さんは、何て？」

「親心のわからない娘だって。小憎らしいって、ぶつぶつ言ってた」

お仙はくすくすと笑った。

(お仙さんて、こんなによく笑ってしゃべる人だったのねえ)

同じ年頃の娘とこんなふうに話すのは、なんとなく胸がくすぐったくなるような不思議な感じだ。

（――同じ年頃の）

その時、ひとつの顔がるいの脳裏をよぎった。

（そういえば、あの子もあたしと同じくらいの歳だった）

おコウ。

ふうっと風が頬を撫でた。梅の香を含んだ風が。――でもそんな馬鹿なことがあるわけがない。ここは店の中だ。如月も半分終わったこの時期は、梅も盛りを過ぎている。そろそろ桜が咲こうかという頃だ。

背中がひやりと冷たくなって、るいは思わず、護符を入れてある懐に手を当てた。

「どうしたの？」

お仙が顔をのぞき込んできた。それで我に返り、なんでもないとるいは首を振った。

「ごめんなさい。何の話だっけ？」

「佐吉さんのこと」お仙は頬を赤らめる。

「あぁ、のろけ話ね」

「そんなんじゃないわ」

笑い声が土間に広がって、二人の娘のおしゃべりは、まだまだ終わりそうもなかった。

光文社文庫

文庫書下ろし
あやかし行灯《あんどん》　九十九字《つくもじ》ふしぎ屋《や》　商《あきな》い中《ちゅう》
著者　霜《しも》島《じま》けい

2018年5月20日　初版1刷発行

発行者　鈴木広和
印刷　萩原印刷
製本　ナショナル製本

発行所　株式会社　光文社
〒112-8011　東京都文京区音羽1-16-6
電話　(03)5395-8149　編集部
8116　書籍販売部
8125　業務部

落丁本・乱丁本は業務部にご連絡くだされば、お取替えいたします。
ISBN978-4-334-77638-1　Printed in Japan

組版　萩原印刷